「感謝凱文‧華德用精美的插畫賦予故事生命。感謝潔西卡‧伍拉德與出版社的各位，你們的辛勤努力把我模糊的想法轉變成一本真正的書。我之前天真地以為寫繪本非常簡單……我錯了。

我對書中所有冒險家致上永恆的感激，
是各位啟發我、照亮我的生命，改變我的人生。

給我的教子帕迪：這本書充滿古怪又狂野的冒險家、這些人瘋狂的英勇行為，與靠不住的生涯規畫，我把這些冒險家全部推薦給你，當你的榜樣。」
—— 阿拉斯泰爾‧亨弗瑞斯

「獻給我的冒險家同行，奧利弗。」—— 凱文‧華德

參考資料

p11, 12 Cherry-Garrard, A (Originally published 1922), *The Worst Journey in the World: Antarctic Journey 1910-1913, Volume I+II*, Penguin

p15 Earhart, A Quoted in *Last Flight*, (1937) Harcourt

p20 Lee, L (Originally published 1969) *As I Walked Out One Midsummer Morning*, Andre Deutsch

p21 Hubert. Sheet of Music image. Shutterstock. Web. 24 April 2018.

p23 Manson, A (2012) *Roll On: Rick Hansen Wheels Around the World*, Greystone Books

p29 Murphy, D (1965) *Full Tilt: Ireland to India with a Bicycle*, Overlook Press

p33 The Telegraph article (13 Feb 2005), source available here: https://www.telegraph.co.uk/finance/2905689/Fiennes-tuning-for-executives.html

p39 Bailey, B (1963) Quoted in *Famous Modern Explorers*, Dodd, Mead & Company, New York

p43 Collins, M (Originally published 2001) *Carrying the Fire: An Astronaut's Journey*, Cooper Press

p47 Davidson, R (2012) *Tracks*, Bloomsbury

p51 Kimber, W (1952) *No Picnic on Mount Kenya*, William Kimber

p57 (Outen, S personal communication with the author March 2018)

p61 Hansen, V and Curtis, K.R. Wadsworth (2013) Quoted in *Voyages in World History, Volume I, Brief Edition*, Cengage Learning. Original source *The Travels of Ibn Battuta A.D. 1395-1354*, The Hakluyt Society

P65 (Sherpa, R.L personal communication with the author November 2016)

p69 Bly, N (Originally published 1890) *Around the World in Seventy-Two Days*, Pictorial Weeklies

p73 Thesiger, W (Originally published 1959) *Arabian Sands*, Longmans, London

p77 Sutherland, A (2012) *Paddling North*, Patagonia

p81 Source available here: http://www.benedictallen.com/his-philosophy

p85 Marcovitz, H (2013) Quoted in *Explorers of New Worlds: Sacagawea*, Chelsea House, Infobase Learning

p89 Heyerdahl, T, (Originally published in English, 1950) *The Kon-Tiki Exhibition: By Raft Across the South Seas*, George Allen & Unwin Ltd. 1950

Alastair Humphreys' Great Adventurers

作者‧阿拉斯泰爾‧亨弗瑞斯（Alastair Humphreys）、凱文‧華德（Kevin Ward）｜譯者‧朱崇旻｜責任編輯‧楊琇茹｜行銷企畫‧陳詩韻｜總編輯‧賴淑玲｜全書設計‧陳宛昀｜社長‧郭重興｜發行人兼出版總監‧曾大福｜出版者‧大家／遠足文化事業股份有限公司｜發行‧遠足文化事業股份有限公司　231　新北市新店區民權路108-2號9樓　電話‧(02)2218-1417　傳真‧(02)8667-1851｜劃撥帳號‧19504465　戶名‧遠足文化事業有限公司｜法律顧問‧華洋法律事務所　蘇文生律師｜ISBN‧978-957-9542-93-7｜定價‧600元｜初版一刷‧2020年6月｜本書僅代表作者言論，不代表本公司／出版集團之立場與意見

First published in the UK in 2018 by Big Picture Press,
an imprint of Kings Road Publishing, part of the Bonnier Publishing Group,
The Plaza, 535 King's Road, London, SW10 0SZ
www.templarco.co.uk/big-picture-press
www.bonnierpublishing.com

Text copyright © 2018 by Alastair Humphreys
Illustration copyright © 2018 by Kevin Ward
Design copyright © 2018 by Kings Road Publishing Limited

Traditional Chinese language edition© 2020 by Common Master Press, an imprint of Walkers Cultural Enterprise, Ltd.

國家圖書館出版品預行編目（CIP）資料

去冒險吧！：　20個平凡冒險家的超酷旅程／阿拉斯泰爾.亨弗瑞斯(Alastair Humphreys)著；凱文.華德(Kevin Ward)繪；朱崇旻譯. -- 初版. -- 新北市：大家出版：遠足文化發行, 2020.06
面；　公分. -- (小大家；19)
譯自：Alastair Humphreys' great adventurers
ISBN 978-957-9542-93-7(精裝)

873.596   109005175

去冒險吧！

20個平凡冒險家的超酷旅程

Alastair Humphreys' Great Adventurers

文／阿拉斯泰爾‧亨弗瑞斯（Alastair Humphreys）

圖／凱文‧華德（Kevin Ward）

認識冒險家

阿拉斯泰爾·亨弗瑞斯 P.8
亨弗瑞斯是「國家地理」選出的年度冒險家，也是這本書的作者！

阿普斯利·伽利—加拉德 P.10
伽利擔任探險科學家，去過南極。

愛蜜莉亞·艾爾哈特 P.14
艾爾哈特是第一個獨自飛越大西洋的女性。後來她離奇失蹤了。

白芮兒·瑪克罕 P.14
瑪克罕是著名的飛行先驅，成功單獨從大西洋東岸飛到西岸。

勞利·李 P.18
李在某個仲夏早晨出發，從西班牙一端走到了另一端。

里克·漢森 P.22
漢森是殘障奧運選手，他用輪椅環遊世界，還成為暢銷金曲的靈感來源。

黛芙拉·墨菲 P.28
墨菲的夢想是騎單車去印度，20年後，她的夢想終於成真了。

雷諾夫·范恩斯 P.32
范恩斯是廣受尊敬的探險家，他最長的旅程長達三年。

雅克·皮卡爾 P.38
皮卡爾是深海探險家，曾造訪全地表最深的地方。

麥可·柯林斯 P.42
柯林斯參加具有歷史意義的阿波羅11號任務，也是最早飛往月球的人之一。

羅蘋・戴維森 P.46

戴維森經過多年的訓練,花六個月
騎駱駝橫越澳洲內陸地區。

費利斯・本努齊 P.50

身為戰俘的本努齊,
為了爬肯亞峰逃獄。

莎拉・奧登 P.56

在獨力划船橫渡海洋的人當中,奧登
曾是最年輕的女性,也曾環遊世界。

伊本・巴圖塔 P.60

偉大的探險者伊本・巴圖塔去過的
國家,比馬可・波羅還要多喔!

拉帕・利塔・雪巴 P.64

利塔是高山嚮導,登上世界
最高峰17次,是不是很驚人?

娜麗・布萊 P.68

布萊憑著決心,
在短短72天內環遊世界。

威福瑞・塞西格 P.72

塞西格在難以忍受的超熱環境下,
橫越了魯卜哈利沙漠。

奧黛麗・蘇瑟蘭 P.76

蘇瑟蘭在59歲時展開第一場冒險,
划船遊遍阿拉斯加海岸。

班尼迪克・亞倫 P.80

亞倫都是自己一個人探險,
曾橫越亞馬遜盆地最寬的地方。

薩卡加維亞 P.84

薩卡加維亞才16歲,就帶知名的
路易斯與克拉克遠征隊橫越美國。

索爾・海爾達 P.88

海爾達乘著勉強湊合的木筏,漂到
太平洋另一頭的玻里尼西亞群島。

未知冒險家 P.92

這個年輕人,以後會成為潛力無限的
冒險家,整個世界的機會都在他眼前。

我們都需要英雄

……無論我們年紀多大或多小。

我們需要能啟發我們、帶來夢想，還有激勵我們再更努力一點的英雄。我心目中大部分的英雄都是冒險家，這本書收錄了冒險家的英勇事蹟與壯闊旅程。

小時候，我希望自己能像英雄一樣，出發尋找新體驗，還有無比刺激的人生。結果令我十分驚訝，我後來真的去冒險了！黛芙拉·墨菲和伊本·巴圖塔等人的事蹟給了我勇氣，我離開普通生活，跳上單車，花四年騎單車環遊世界，體驗英雄所寫下的種種冒險。那趟旅程改變了我的人生。

我遇過很多後悔這輩子沒去冒險的人，卻從來沒遇過冒險後感到後悔的人。

「用一生做你愛的事，是一種神奇的恩典——這是你該追隨英雄腳步的理由之一。」

單車環遊世界以後，我又踏上更多精采遠征。我迷上勞利·李的文章，跟著他的腳步穿越西班牙，在路邊演奏音樂來賺點零錢。我像威福瑞·塞西格一樣，徒步穿越阿拉伯半島上炎熱又寂靜的魯卜哈利沙漠，學索爾·海爾達搭小船橫渡汪洋，甚至模仿麥可·柯林斯，申請成為太空人。我沒通過最初的智力測驗，但我試過了，所以還是很開心！

我的旅行沒有冒險家的知名故事那麼厲害，不過能找到自己和英雄的共同點，對我來說還是有特別的意義。我看到雷諾夫·范恩斯和班尼迪克·亞倫的事業，漸漸相信我也能把自己熱愛的事情變成工作。我成功了，現在我既是冒險家，也是作家。我有時候覺得自己運氣很好，有時候只覺得自己選對了人生道路。

在這本書中，我會介紹冒險英雄的事蹟，這些人是有史以來最令人印象深刻、最怪、最激勵人心的探險家。對我的人生造成影響的冒險家太多了，沒能把所有人寫進這本書，實在很可惜。如果這本書中的人物吸引了你的注意力，我希望你能繼續探索下去，多多瞭解這些人的經歷與性格。我最後選出的英雄，生活的時代橫跨700年，有的

「你不必與眾不同、不必是天才，也能展開冒險。你只須踏上旅程。」

是青少年，有的是退休老人，有的很有名，有的沒多少人知道。這些人騎單車、乘船或徒步，還有騎駱駝、滑雪、推輪椅，甚至搭高科技機器踏上旅途，穿越大陸（還有大海和太空）。

我小時候讀過很多書，冬天漫長的下午，我會靠著臥房裡溫暖的暖爐看書，或是晚上躲在被子裡，用手電筒偷偷多看幾頁。小時候的我看故事看得很開心，希望你讀這本書的時候，可以和我一樣享受，也希望這些冒險家成為你心中的英雄，說不定哪天能激勵你展開自己的冒險。

追尋冒險人生的過程中，我學到了重要的一課。我現在明白，我的英雄就和你我一樣，是普通人。這本書中的英雄都是普通的男人女人，不過這些人決定要過不普通的生活，這讓我更佩服他們。

不管你現在幾歲，我都深深希望冒險英雄的故事能鼓勵你，讓你的想法更勇敢、走得更遠一點，也讓生活更富有冒險精神。

Alastair Humphreys

阿普斯利・伽利—加拉德

在南極，冬季來臨時，即使白天也是一片漆黑，氣溫低於攝氏零度，冷得要命。面對可怕的冰天雪地，三個好朋友踏上了尋找企鵝蛋的旅程。在羅伯特・史考特隊長知名的最後一場探險中，阿普斯利・伽利—加拉德是年紀最小的成員，所有人都叫他伽利。這次去找企鵝蛋，是為了幫助科學家做研究，但伽利後來才知道，他即將面對的是全世界最糟糕的旅行。

羊毛內衣　　羊毛　　　羊毛帽　　　防風罩衫　　防風長褲　　　護踝　　　毛皮手套
　　　　　底層保暖衣　和圍巾　　　　　　　　　　和耐穿的靴子　　　　　　（為了安全起見綁在身上）

伽利穿了七層衣服，才能在氣溫零下的環境保暖

伽利和比爾、伯蒂兩個伙伴，在每小時100公里的強風中奮鬥五週，在南極荒野一步步前進。他們用兩臺大雪橇載帳篷、睡袋、食物與科學器材，每天都得拖著沉重的行李行走，有時候把兩臺雪橇綁在一起拖著走，地面狀況特別差的時候，就只能一次拖一臺前進。

更糟糕的是，在南極的冬天，太陽不會升起，當時又還沒發明手電筒，伽利一行人幾乎只能摸黑行走。他們的衣服表面都結了一層冰，馴鹿毛皮做成的睡袋也都凍得硬邦邦，每晚鑽進睡袋，都要費好一番工夫。有時氣溫會降到零下60℃，但即使如此，三個伙伴還是一直互相扶持。

奶油和餅乾

從史考特的探險基地營走到克羅澤角的企鵝群，費時19天，一路上都是危險的冰天雪地，伽利等人不時會摔進冰河裡的深溝。伽利的牙齒不停打顫，甚至把牙齒震碎了！

他們帶在身上的食物，就只有乾肉餅、餅乾、奶油和茶。乾肉餅是碎肉、油脂、水果和鹽混合後烘乾做成的硬餅。這趟旅程中，伽利和兩個朋友每餐都吃一樣的東西，他們把雪煮成熱水，再加入乾肉餅、奶油和捏碎的餅乾，他們把這種料理稱作「雜菜濃湯」。

僥倖脫險

探險隊才剛蒐集到幾顆企鵝蛋，就遇到大災難。他們的帳篷被一陣強風吹走了！少了帳篷的保護，他們幾乎不可能在酷寒中活下來。三個人被暴風雪困住了，那兩天兩夜，他們只能窩在睡袋裡發抖，身上積了一層冰雪。

暴風雪過後，他們相信帳篷一定被吹進海裡了，但還是拚命尋找。伽利等人怕極了。還好他們運氣非常好，在距離不到1公里的地方，伯蒂找到卡在幾塊岩石間的帳篷。三個好朋友終於鬆了一口氣，爬進帳篷煮些熱騰騰

的雜菜濃湯來吃，因為他們已經好幾天沒吃飯了。幸好他們都活下來了！

最糟糕的旅行

可以想見，這絕對是最糟糕的一場旅行，但最後伽利、比爾和伯蒂都撐過來了！他們從極地帶回的三顆企鵝蛋，被視為珍貴的樣本，直到今天，你還能在英國倫敦的自然史博物館，看到其中一顆喔！

回到家以後，伽利寫了一本書，叫作《世界上最糟糕的旅行》。他在書中說：「我這輩子最幸福的時候，應該是安全回到營帳那一刻。我們重回溫暖與光明，吃了些麵包和果醬，喝了些熱巧克力，然後鑽進乾燥、溫暖的睡袋，沒幾秒就睡著了。我只想一口氣睡個一萬年……」

「我們的生命曾經被奪走，之後又還了回來。」

最糟糕的旅行

伽利、比爾和伯蒂從史考特隊長的基地營出發，踏上困難危險的旅程，去尋找成群的皇帝企鵝。他們作夢也沒想到，蒐集企鵝蛋並安全帶回營地，會是如此艱巨的任務……

南極大陸

羅斯
冰棚

羅斯海
羅斯島
（克羅澤角企鵝群所在的位置）

你們看！我又撿到兩顆了！

不～～～

好噁！
伽利，別難過！顆蛋能保住三果已經很不錯了！

把三顆蛋打包好以後，一行人準備回基地營。

風越來越強，他們停下來檢查雪橇……

結果發生災難了……
啊！帳蓬！

「整體來說，有點太大膽，
還是比有點太保守來得好。」

伯蒂、比爾與伽利

裝備

住在黑漆漆又冷冰冰的地方，感覺一定就像在冷凍庫裡頭露營吧！探險隊必須準備充足的糧食和蠟燭，這樣才看得見，也稍微暖和一些。

1 鯨脂爐   **5** 蠟燭   **9** 酒精燈
2 刀   **6** 冰斧   **10** 裝燈的箱子
3 餅乾   **7** 企鵝蛋   **11** 睡袋
4 乾肉餅   **8** 茶葉   **12** 帳篷

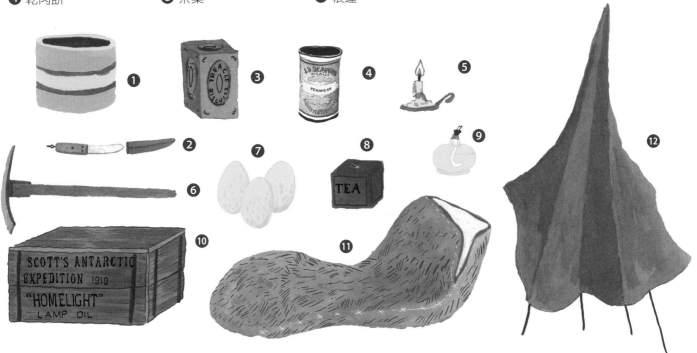

伽利給我的啟發

我剛開始夢想去冒險的時候，以為所有探險家都是超級英雄。但是，伽利和我一樣是普通人，在南極之旅前他沒參加過探險，沒有特別強壯，視力也不好。那他有什麼呢？他很有熱忱。而我也很有熱忱！他認真學習，努力工作。而我也是！也許我也可以和伽利一樣，展開刺激的大冒險！

愛蜜莉亞‧艾爾哈特

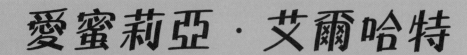

愛蜜莉亞‧艾爾哈特是第一個獨自開飛機橫越大西洋的女性，也因為飛行變得很有名。她獲得許多獎項，包括飛行優異十字勳章和法國榮譽軍團勳章。但是後來在一次冒險中，她在太平洋上空失蹤，至今還沒有人找到她的遺體或飛機。

白芮兒‧瑪克罕

白芮兒‧瑪克罕在英國出生，是肯亞籍飛行員、冒險家、賽馬訓練師與作家，也是第一個成功獨自從大西洋東岸飛到西岸的女性。曾有好幾位女性飛行員在嘗試這件事的過程中死亡。因為逆向強風的關係，朝大西洋的西邊飛行比朝東飛行困難。瑪克罕被奉為飛行先驅。

「星星似乎觸手可及，我從沒看過這麼多顆。我從以前就相信，飛行的魅力是美麗事物的魅力，那晚我確認這想法正確無誤。」

艾爾哈特在一場地方上舉辦的航空飛行展看到空中特技表演，從此愛上了飛行。第一次搭飛機旅行後，她就知道自己非得學習飛行不可。為了追尋冒險，艾爾哈特從紐芬蘭啟程，飛往法國巴黎，可是起飛三小時後，就發生了嚴重的問題。高度計壞了，她沒辦法判斷自己飛得多高，不久後，她開飛機穿過了危險的雷雨。

艾爾哈特和許多機械問題與寒冷的氣溫對抗，15個小時過去，她不得不降落在北愛爾蘭一片田野。但是，她成功飛越大西洋了！

後來，艾爾哈特試著成為第一個開飛機環遊世界的女性，然而她的飛機在太平洋上空失蹤，之後就再也沒人看到她了。

瑪克罕在肯亞一個富裕的家庭中長大，她喜歡光著腳丫和當地的非洲小孩去打獵，喜歡提著長矛在樹叢裡追逐動物。長大後，瑪克罕獨力飛越大西洋，在夜晚往西飛，達成了過去女性從未完成的成就。

瑪克罕從英國起飛，飛往紐約，孤獨地逆風飛了20個小時，橫越大海。她沒有睡覺，只能靠咖啡和雞肉三明治維持體力。飛機油箱結凍了，結果迫降在加拿大新斯科細亞省的布雷頓角島。她沒能成功降落在紐約，這不是她期望的結果，但她還是安全飛越大西洋，創下了新紀錄！

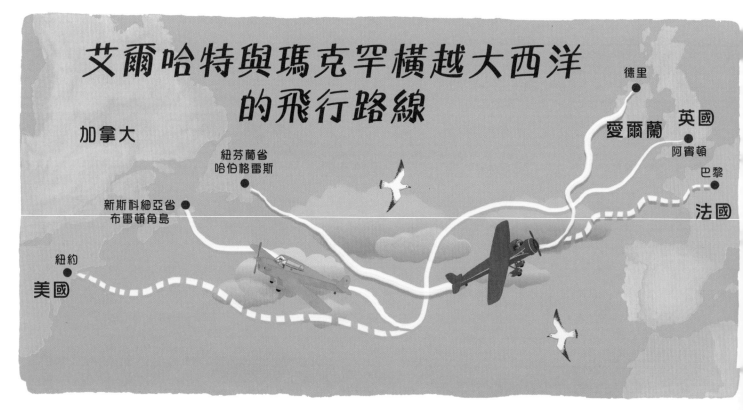

艾爾哈特與瑪克罕 給我的啟發

艾爾哈特令人嚮往的人生與離奇失蹤事件,都十分吸引人。我超喜歡她這句大膽的建議:「別人在做你說不可能完成的事時,絕對不可以阻礙他。」

我第一次讀瑪克罕的書,是在單車環遊世界的途中,當時我經過她曾經住過的非洲。我深受啟發,甚至為單車取了「白芮兒」這個名字!

勞利·李

一個仲夏早晨，勞利·李揮手跟媽媽說再見，出門探索世界去。李會說的西班牙語只有一句，但他還是決定徒步穿越西班牙，一路上拉小提琴賺錢。這是他第一次出國旅行。

李剛出發時會說的西班牙文
只有一句，你也學得會：
「*Un vaso de agua, por favor.*」
「請給我一杯水。」

19歲那年，李離開了位在英國格拉斯特夏的家，他用一條毯子裹起小提琴，再帶上一件換洗上衣、一把手電筒，以及裝了些食物的背包。才離家幾個小時，他就把帶在身上的餅乾吃光了！旅行的第一晚，他淋著雨睡在水溝裡，痛苦到很想回家，但他知道兄弟們看到他這麼快放棄，一定會嘲笑他。於是李嘆了口氣，繼續前進，不久後他的心情好了起來。如果遇到同樣的事情，你會怎麼做？

音樂與歡樂

第一次在公共場合拉小提琴時，李害羞得不得了。他到處晃了很久，想找一個適合演奏的好地點，最後他在一座橋下停下腳步，決定該開始賺錢了。李很緊張，但他驚訝地發現自己沒有被逮捕，也沒有人叫他別再拉了。事實上，根本沒有人注意到他！這時候，一個老爺爺經過，把一枚硬幣丟進李倒過來放的帽子。這是李收到的第一筆賞錢，感覺也太輕鬆了！李非常開心，因為現在他知道，不管去到哪裡，他都能在街頭表演賺錢了。

西班牙的鄉村很平靜，所以有個年輕英國人帶著小提琴到來，當地的人很興奮。在晚間，當地人會請李演奏，街上很快就充滿跳舞的人、音樂與歡笑聲。這都多虧了他的小提琴。

艱苦的日子

來到西班牙的第一晚，李盡量躲在不會被風吹到的地方，把小提琴放在身旁，把帆布背包當枕頭用，然後在石頭成的床上躺下來。他不但睡得非常不舒服，還被狂吠的野狗吵醒！幸好李的露營技能進步了，他愛上在溫暖的夜晚露天睡在星空之下。這是一場非常簡樸的冒險。

李花了超過一年，從加里西亞地區的維哥城，走到西班牙南部的安達魯西亞。加里西亞又被稱為千河之地，李常在清澈的深水池中游泳。他沒了帽子，無法遮擋西班牙可怕的高溫，所以曬傷了，受了很多苦，有時候甚至會中暑。幸好每次都有好心的陌生人幫忙，幫他找地方休息或給他喝水。走路走累了，李有時會坐在驢車後面，搭便車前往下一座城鎮。

回家

往南走的過程中，李經過了塞哥維亞的羅馬水道，以及西班牙首都馬德里，也聽到戰爭即將來臨的傳言。抵達西班牙南岸時，李的小提琴已經破成碎片，戰爭也已經開始了。是時候回家了。

維哥

薩莫拉

托洛

瓦雅多利德

葡萄牙

西班牙

塞哥維亞

馬德里

托雷多

瓦爾德佩納斯

塞維亞

哥多華

卡迪斯

塔里法　馬拉加

阿木內卡

「我感覺自己是為了這些而來：為了黎明時在山丘上醒來，眺望我無法形容的世界，為了在一個我還沒擁有過回憶的地方從頭開始，嘴巴無法溝通，心中也沒有計畫。」

李給我的啟發

《我在仲夏早晨離家遠行》是我最愛的書，教會我放慢步調旅遊，還有過簡單的生活。李塑造了我旅行的風格。我原本不敢在公共場合演奏音樂，但學了七個月的小提琴之後，我就決定追隨李的腳步。在公共場所拉小提琴的害羞心情、缺錢的煩惱、陌生人的善意、美麗的風景、在冰冷河川游泳的體驗……這些屬於我的鮮明經驗，和李多年前的經歷是如此相像！

日記

8月4日

今天早上我醒過來，吃了點麵包和水果，把我的東西捲成一綑，然後在水泉裡洗頭和洗腳。我現在身體很強壯（這樣長途跋涉，不管是誰都會變強壯），可以一天走30公里路。在倫敦的建築工地工作，感覺是很久以前的事了。我記得某一天早上抬頭看天空，突然察覺到我其實可以去任何地方，阻止我展開冒險的唯一一個人，就是我自己。

那我該去哪裡？我該做的事，就只有前往那兒。要去法國嗎？義大利？希臘？我對其他國家一無所知。這時，我發現自己學過一句西班牙語，是這句話讓我下定決心。我要去西班牙。

我已經順著這條小徑，往南走好幾天了，吃無花果和麥穗維生。我有時會在路邊的樹下躲太陽，低頭觀察螞蟻。我不趕時間。

我在平原上走了一個又一個鐘頭，什麼東西都沒看到。好熱啊！我的腳都燙傷了，還起水泡。我花了兩天才跨越瓜達拉馬山脈，順著兩千年前建好的羅馬道路往上爬。雲朵從山峰飄下來，空氣聞起來很清新。經歷過平原的酷熱後，這感覺簡直像天堂！我第一次感覺這麼有活力，又這麼孤獨。

勞利

里克・漢森

里克・漢森才15歲，就在釣完魚回家的路上發生車禍，從此改變了人生。他腰部以下癱瘓了，下半輩子都得在輪椅上過活。受傷前，漢森夢想騎單車環遊世界，現在他心裡幻想的卻是更艱難的冒險。

這本書中，只有漢森一個人，生平故事曾改寫成暢銷排行榜冠軍歌曲。很酷吧！這首歌叫做〈聖愛摩火（奮勇向前的人）〉。

漢森下定決心不讓意外成為阻礙，他繼續努力，成為成功的輪椅運動員。他完成輪椅馬拉松、贏得世界級的體育獎項，甚至參加殘障奧運兩次，贏得六面獎牌。

漢森開始考慮嘗試一場大旅行，為脊椎損傷治療的研究募資。跟一場長達40,000公里、包含34個國家的環遊世界之旅相比，你很難想到更浩大的旅行了吧！

有力的訊息

漢森的旅行不只是場大冒險，也讓全世界看到不管有沒有肢體障礙，所有人都有辦法過冒險家的生活，也都是社會上重要的一分子。他絕對算是成功了，抵達中國北京時，有800,000人迎接他。漢森後來還和教宗見面，加拿大總理甚至把一張100萬元的支票放進募捐桶呢！

助手

對坐輪椅的人來說，就連搭帳篷這種小事也很麻煩，所以漢森選了一隊人，幫助他完成旅行。這些人開著露營車，跟在他的輪椅後頭。雅曼達是旅行團隊的成員之一，後來成了漢森的妻子，簡直是童話故事般的結局啊！

英雄歸鄉

冒險途中，漢森必須面對種種挑戰，例如炎熱的沙漠、冰冷的暴風雪，還有巨大的高山。他平均一天要推動輪椅30,000次，十分累人。除此之外，他還得應付不瞭解他在做什麼的人，那些人不一定會善待身障人士。

雖然很辛苦，漢森的冒險還是募到了超過2000萬元捐款。他回到加拿大時，許多人帶著黃緞帶與氣球，前來歡迎英雄歸鄉。

「如果下定決心，就沒有你做不到的事。任何事情都有可能成功。」

漢森得過三面殘障奧運金牌。

第一名

第二名

第三名

漢森給我的啟發

我在環遊世界時，騎單車穿過漢森的家鄉，在那裡得知了他的事蹟。我騎單車旅行了這麼遠，原本覺得相當自豪，結果卻發現一個肢體障礙的男人早已完成了同樣的事，而且是坐輪椅達成的。對於漢森那場旅行，加拿大人的回應是搶著在路邊圍觀他的輪椅經過，也捐了大量金錢給他的慈善團體。他偉大的舉動讓國家團結起來，也讓所有人看見身障人士的潛力。

里克・漢森
奮勇向前的人
環遊世界之旅

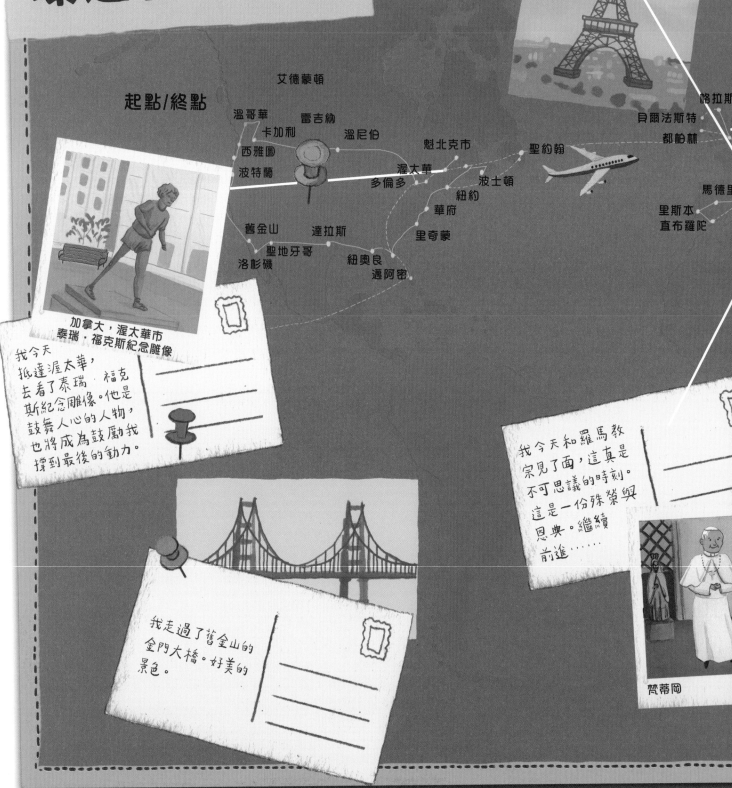

巴黎

艾德蒙頓

起點/終點

溫哥華　雷吉納
卡加利　　溫尼伯
西雅圖　　　　　魁北克市
波特蘭　　　　渥太華　　聖約翰
　　　　　多倫多　　　　波士頓
　　　　　　　　紐約
　　　　　　　華府
舊金山　達拉斯
　　　　　　里奇蒙
聖地牙哥
洛杉磯　　紐奧良
　　　　　邁阿密

格拉斯
貝爾法斯特
都柏林

馬德里
里斯本
直布羅陀

加拿大，渥太華市
泰瑞・福克斯紀念雕像

我今天
抵達渥太華，
去看了泰瑞・福克
斯紀念雕像。他是
鼓舞人心的人物，
也將成為鼓勵我
撐到最後的動力。

我今天和羅馬教
宗見了面，這真是
不可思議的時刻。
這是一份殊榮與
恩典。繼續
前進……

我走過了舊金山的
金門大橋。好美的
景色。

梵蒂岡

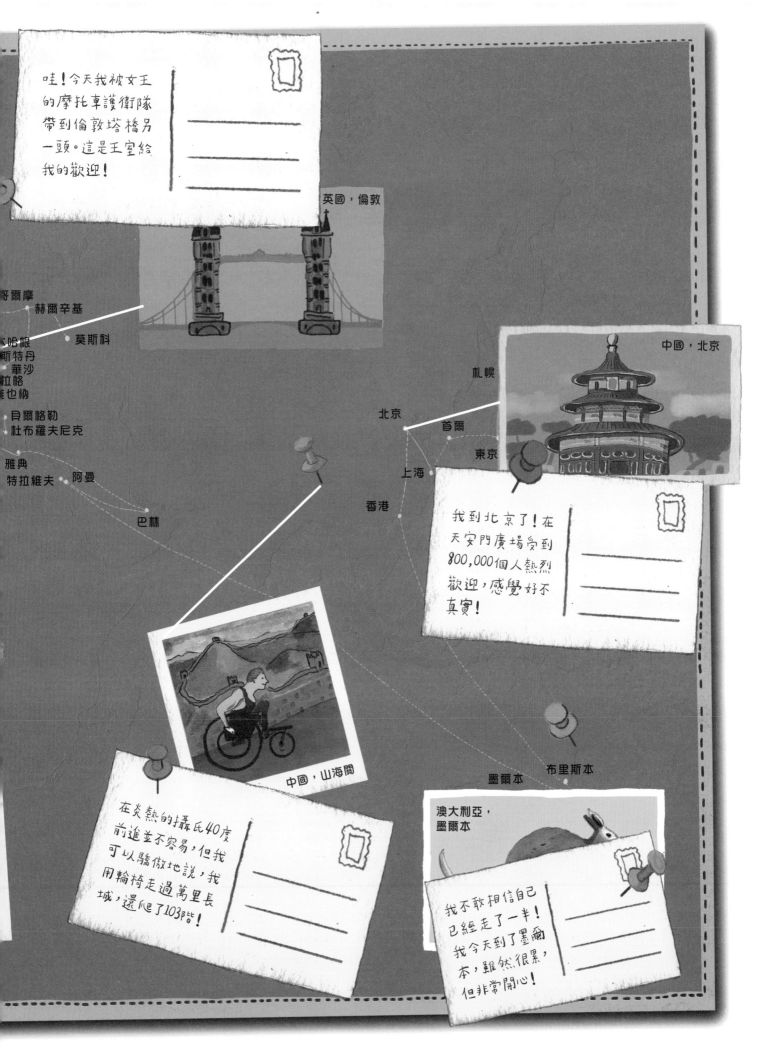

哇！今天我被女王的摩托車護衛隊帶到倫敦塔橋另一頭。這是王室給我的歡迎！

英國，倫敦

哥爾摩
赫爾辛基
哈根
莫斯科
斯特丹
華沙
拉格
也納
貝爾格勒
杜布羅夫尼克
雅典
特拉維夫　阿曼
巴林

札幌
中國，北京
北京
首爾
東京
上海
香港

我到北京了！在天安門廣場受到800,000個人熱烈歡迎，感覺好不真實！

在炎熱的攝氏40度前進並不容易，但我可以驕傲地說，我用輪椅走過萬里長城，還爬了103階！

中國，山海關

墨爾本　布里斯本

澳大利亞，墨爾本

我不敢相信自己已經走了一半！我今天到了墨爾本，雖然很累，但非常開心！

造訪過的國家數量：34

載過幾雙手套：47

用過的輪胎數量：160

成為幾首流行單曲背後的靈感：1

爆胎次數：63

推輪椅的次數：1,180,800

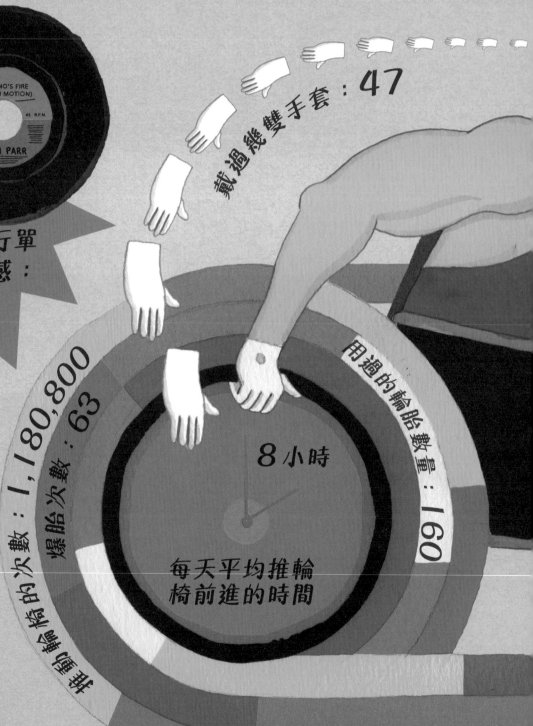

8小時

每天平均推輪椅前進的時間

漢森的環遊世界之旅，有一些驚人的數字喔！這邊列出其中幾個：

收到幾封信：
200,000

RICK HANSEN

Rick Hansen

GREETINGS from NEWFOUNDLAND

寫了幾張
明信片：
1,086

$26,000,000
募集到的捐款總額

黛芙拉‧墨菲

黛芙拉‧墨菲已經在世界各地旅行了50年，把自己的冒險寫成超過25本書。一切的開始，是她的10歲生日，爸媽送她一輛二手單車，祖父則送她一本地圖集。墨菲眼前的世界突然開啟大門，她開始夢想一路騎單車到印度……

20年後，墨菲開始實現夢想，一路從法國的敦克爾克騎單車到印度的德里，兩地距離將近8,000公里！她的第一場大冒險，在人們記憶中最寒冷的冬季開始，她必須對抗暴風雪，騎在歐洲滿是冰雪的道路上。然而，她遇到的問題不只這些，在保加利亞一個天寒地凍的夜晚，她甚至被不停吠叫的狼群包圍，不得不朝牠們開槍。

單獨旅行

在當時，女性獨自騎單車旅行，是非常罕見的景象，所以不管她去到哪裡，都有大批人聚在一起盯著她看。

墨菲越是往東騎，盯著她看的人群就越多。她穿過土耳其朝阿富汗前進，然後翻越高聳的喜馬拉雅山脈進入巴基斯坦，然後再到印度。

進入山谷

到了巴基斯坦，墨菲花了痛苦的一整天，又扛又拖，把單車弄上白雪覆蓋而滑溜溜的山。下山到了另一側的山谷，卻發現過河的橋崩塌了。墨菲又冷又累，也擔心自己得原路折返，她不得不隨機應變。恰巧有一頭小牛正要過河，她設法抱住牛脖子，一起涉水過河！

「我踏上旅程是為了看看世界和享受人生，不是為了創造或打破紀錄。」

保持簡單

墨菲喜歡簡單的旅行，她的單車只有三檔，但她還是請人把變速系統拆掉，因為覺得那太容易受路況影響，沒辦法撐過亞洲凹凸不平的石頭路。儘管如此，大部分的日子，她還是能騎超過100公里呢！

出門前，她把四個備胎寄到幾個預定路線上的地址，因為大部分的地方都沒有單車店。這個想法真聰明！墨菲把行李裝在兩個馬鞍包、一個坐墊包和一個小背包裡，護照和錢則塞進藏在腰間的隨身袋。

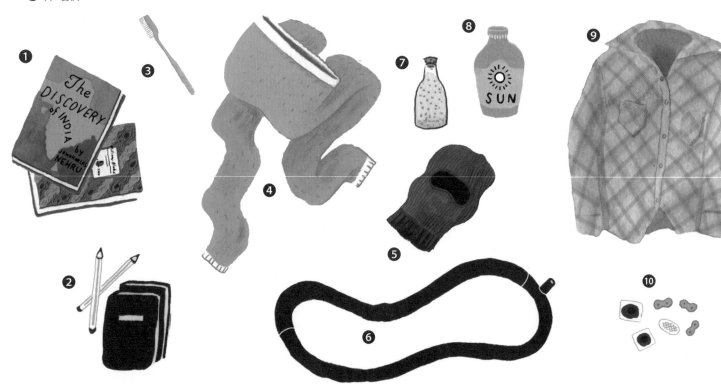

裝備

❶ 書
❷ 日記和鉛筆
❸ 牙刷
❹ 保暖褲

❺ 羊毛製搶匪帽
❻ 備用的內胎
❼ 氯錠（用來淨化水）

❽ 防曬乳
❾ 寬鬆的上衣
❿ 補胎工具

阿富汗

我到喀布爾了！到目前為止，旅行很辛苦，可是非常值得。這裡好熱，我得找杯冷飲，還有樹蔭！

德黑蘭

印度

我真不敢相信，我竟然到了！騎單車到印度的常想完成了，我感覺好騎傲，心裡有滿滿的情緒。現在，我可以坐下來休息，回顧自己達成的所有成就。該來計畫下一趟旅行了！

土耳其

我在土耳其！前往印度的旅程已經完成一半了，能抵達這個里程碑，感覺好不可思議。每天騎單車讓我口乾舌燥，我的胃口也越來越大了！幸好我很愛吃土耳其料理。

墨菲給我的啟發

墨菲是很普通的人，她不會自稱運動員、「冒險家」或其他什麼身分——她就只是個直來直往又善良的女人。她讓我們知道，任何人都能完成她的冒險，只要別再找藉口、趕快出發，就對了！墨菲覺得女孩子當然也能和男孩子一樣，騎單車橫越好幾大洲。對女孩來說，墨菲是很重要的榜樣。（她想必會討厭這句話，但這正是她特別足以做榜樣的原因）。我開始夢想去旅行時，最早讀的單車旅遊書之一，就是《單騎伴我走天涯》。我的第一場單車冒險，是穿過巴基斯坦，一路騎到中國。

雷諾夫・范恩斯

雷諾夫・范恩斯爵士是經驗豐富的探險家，他曾挑戰極地旅行、穿越沙漠、攀爬聖母峰，還有發現失落的城市。他的探險，為慈善團體募到了好幾百萬元，而且雖然范恩斯已經超過70歲了，到今天仍持續冒險。《金氏世界紀錄》稱范恩斯為「全世界還活著的探險家中最偉大的一位」，英國查爾斯王子則把他形容為「瘋狂但了不起」的人。「環球遠征」是范恩斯最大的冒險之一，出發前他花了7年準備呢！

我可以毫不誇張地說，范恩斯的人生超級精采刺激！他炸了破壞英國鄉村可愛風景的電影片場，因此被踢出空降特勤隊，從此之後開始50年的冒險遠征。范恩斯在探險家之中與眾不同，他並不專精特定一種冒險，從跑步到攀岩，他樣樣都來，還達成了許多不可思議的成就，而且沒有要停下來的意思！

從鱷魚到企鵝

當范恩斯剛開始旅行，有一次搭了氣墊船，從地中海出發，沿著尼羅河往上游行進6,400公里，到達世界最長河流的源頭。在范恩斯和朋友飛快划過之前，當地人都沒看過氣墊船呢！

不過，范恩斯大部分的旅行都只靠人力。他曾花90天，和朋友滑雪穿過南極大陸，兩人各自拖著雪橇，載著食物與裝備，重量超過200公斤，幾乎和兩頭成年的羊一樣重！

再次發現遺跡

范恩斯的遠征，甚至讓失落的烏巴城重見天日。數千年前，烏巴是阿拉伯乳香貿易路線上一座富裕的城市。隨時間過去，它漸漸被風沙埋入阿曼王國的魯卜哈利沙漠。范恩斯和考古隊用古老文獻與衛星圖縮小搜索範圍，再次找到烏巴城，挖出塔樓殘骸、250,000年前的斧頭，還有1,000多年前的西洋棋子。

「選隊員時，要選的是性格，
而不是能力。」

世界跑者

范恩斯曾在七天內，在七個洲跑了七場馬拉松——他短短五個月前才剛心臟病發呢！挑戰結束時，他宣布：「我想喝熱巧克力，還有吃雞肉咖哩！」

范恩斯71歲時，奮力翻越一座座熱燙的沙丘，完成了250公里的撒哈拉沙漠馬拉松，這個馬拉松常被稱為「全球最艱苦的比賽」！

面對自己的恐懼

范恩斯雖然有懼高症，卻還是挑戰攀登聖母峰。65歲那年，他嘗試第三次，終於成功登頂。你覺得，你家爺爺有辦法爬上聖母峰嗎？

范恩斯爵士最新的目標，是成為第一個橫越南北極冰帽又爬上七大峰的人。七大峰，是每一大洲的最高峰。

范恩斯給我的啟發

范恩斯的探險很多樣，但重點都是決心，還有挑戰自我的極限。他的人生充滿冒險，但也透過募捐幫助別人。我這輩子讀的第一本冒險書，就是范恩斯的《危險生活》，這本書成為我的靈感與指引。長期以來，我把范恩斯當作評判自己的標準，他是我的第一位冒險英雄。

北極海

范恩斯踏上旅程，要在單獨一人、只能靠自己活下來的情況下（也就是沒有外援或物資），徒步前往北極。因為北極沒有陸地，所以你必須走在結凍的海洋浮冰上，有時候還得穿過開放水域。而且，你隨時可能遇到飢餓的北極熊……

回到醫院……

是的，范恩斯先生，這恐怕是凍傷了……

……我們必須動手術，但前面也有人在等。

醫院

這些壞死的手指末梢好痛喔！我不知道該怎麼度過手術前的好幾個月。

我知道了！

吱吱吱喀嚓！

啊！這樣好多了。

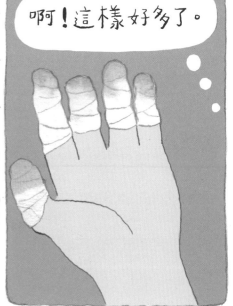

環球遠征

「環球遠征」是人類嘗試過最雄心勃勃的冒險之一，構想來自范恩斯的妻子吉妮，范恩斯說從來沒有人做過這件事，這是不可能的任務。聽丈夫這麼說，吉妮說他「太可笑了」！於是夫妻倆開始工作，把不可能化為可能。范恩斯與吉妮花了7年為這趟旅行做準備，預計要帶的每一件東西都得找人贊助，就連鞋帶也是！

環球遠征花了3年才完成，是史上第一趟環極航行，意思是，團隊經過南北極繞地球一圈，過程中沒有離開地表。這趟旅程中，吉妮成了英國最有經驗的極地無線電操作員。

以下是一些關於環球遠征的驚人數字：

6個月

團隊用厚紙板蓋小屋，建造基地營。在南極漫長又黑暗的冬季，基地營讓大家得到安全的掩蔽。

90公斤

團隊拖著大約90公斤重的雪橇，徒步橫越北極！這大約是一隻大狗體重的3倍。

道路地圖集

第1個女性

遠征完成後，吉妮成為第一個得到極地獎章的女性。

1年

志工隊的成員來自世界各地，是在長達1年密集的選拔中獲選加入。

1隻寵物狗

范恩斯帶著他寵愛的小狗波西旅行，牠是第一隻南北極都去過（也撒尿過）的狗！為了保暖，波西穿戴了特別為牠設計的衣服和帽子。

7年

范恩斯和吉妮花了7年規畫這趟遠征。

99天

范恩斯和隊友查理待在浮冰上，在北極海漂流了99天，才被「班傑明‧波林號」探險船救起來。

1,900個贊助者

這趟旅行的花費，需要1,900個人贊助。

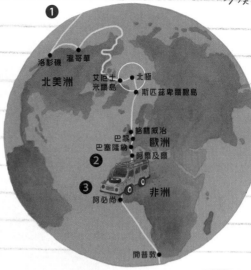

1) 團隊乘著名叫「班傑明‧波林號」的破冰船，從格林威治啟航。

洛杉磯　溫哥華
北美洲
艾耳士米爾島　北極
斯匹茲卑爾根島
巴黎　格林威治　歐洲
巴塞隆納　阿爾及爾
❷
❸
阿必尚　非洲
開普敦

2) 范恩斯與團隊抵達非洲，用四輪驅動卡車駛過撒哈拉沙漠。

3) 眾人在象牙海岸再度登上破冰船，繞過非洲海岸。

4) 團隊在夏末抵達南極洲，紮營準備過冬。

5) 春季來臨時，范恩斯與團隊駕駛雪上摩托車橫越南極大陸，路上經過南極點。

6) 到達南極另一岸後，范恩斯的團隊搭乘班傑明‧波林號向北航行。

澳洲
雪梨　奧克蘭
❺
麥克默多灣
南極洲　南磁點
❹　隆納

7) 范恩斯和朋友查理先划小船再步行，穿過北極。（沒有畫在地圖上。）

8) 范恩斯到達北極點，再搭班傑明‧波林號回到格林威治。（沒有畫在地圖上。）

-40℃

北極的低溫，可達零下40℃！

雅克・皮卡爾

皮卡爾一家人都很喜歡冒險，雅克・皮卡爾的爸爸曾坐熱氣球，飛到人們過去不曾抵達的高空，而他的兒子，後來成為第一個坐熱氣球繞地球一圈不落地的人。皮卡爾沒有往天上去，而是往深海冒險……一路到了最深的海底。他的探險，讓人們注意到保護海洋環境的重要性。

深海潛水船「的里雅斯特號」

因為照不到陽光，海底整年都凍到骨子裡又黑漆漆。當你潛到深海，上方海水的重量還會形成巨大的壓力，把肉體或一般潛水艇壓扁。某方面來說，海底的環境比月球還險惡。皮卡爾展開深海探險任務，就是面對這樣的環境。你覺得，你有辦法承受深海的考驗嗎？

事前準備

皮卡爾和父親建造了非常堅固的深海潛水船（可以潛到海洋極深處的潛水艇），他們建成的第一艘船可以潛到將近1.5公里的深海。他們做出的第二艘機器，能到之前兩倍的深度（3公里）。這時，皮卡爾辭去工作，把所有時間都用來改良深海潛水船。

最終版潛水船取名叫「的里雅斯特號」，它分成兩個部分：船員用的船艙，還有浮體。船艙懸掛在浮體下方，必須承受將近150,000公噸的壓力，一旦船艙破裂，皮卡爾和朋友唐納德‧沃爾什會立刻被壓死。雖然危險，他們兩人還是願意承擔風險，探索人類從沒去過的地方。

下潛

查倫格海淵在海平面下大約10,900公尺的位置，是太平洋馬里亞納海溝最深處。為了沉到海底，皮卡爾和沃爾什載了9公噸的鐵，到時候只要丟下鐵塊，他們就能浮回水面了。他們花了將近5小時，下潛到查倫格海淵，下沉

速率是每秒90公分。降到9,000公尺時，船艙窗戶出現裂紋，但兩人下定決心繼續下沉。

最低點

終於到達最低點時，鬆了一口氣的皮卡爾和沃爾什握握手，拆了塊巧克力來吃！的里雅斯特號沒辦法採集樣本或照相，所以他們不能蒐集科學數據，不過他們的努力還是值得的，畢竟人類不曾來到大海的深淵。兩人在海底只待了20分鐘，然後花3個小時浮回海面。

學到寶貴經驗

的里雅斯特號主要的成就，是證明深海探險有可能實現。兩人還在地球最深處發現一些神奇的生物，這些生物能在深海的極端環境生存。他們的發現，導致政府禁止往海中傾倒核廢料。皮卡爾和沃爾什回到海面後，一直沒有人模仿他們的深海冒險，直到半個世紀後深海挑戰者號出現。

「我們頂多只能瞭解大自然，然後服從它。」

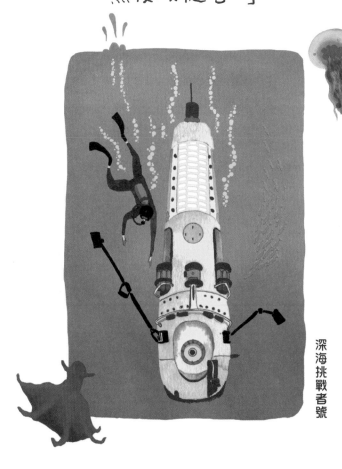

深海挑戰者號

39

馬里亞納海溝

皮卡爾和沃爾什是最早潛到北太平洋馬里亞納海溝底部的人，海底深超過10,000公尺，是地殼表面的最低點。下面這張示意圖，畫出了海溝的深度。

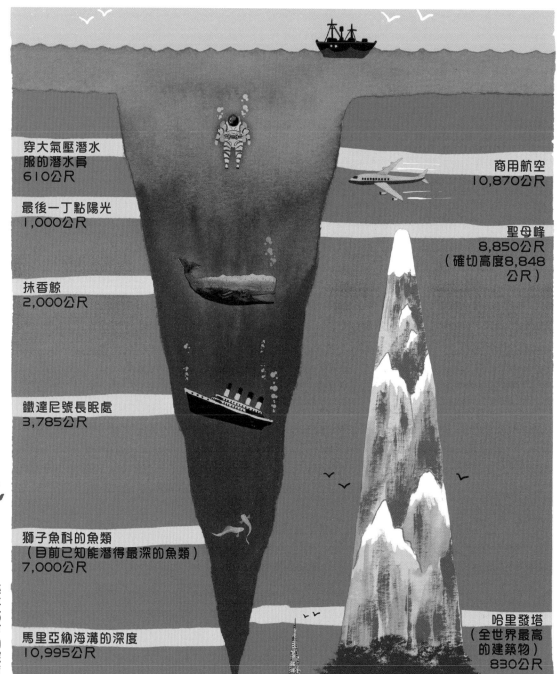

海平面上的高度

穿大氣壓潛水服的潛水員
610公尺

最後一丁點陽光
1,000公尺

抹香鯨
2,000公尺

鐵達尼號長眠處
3,785公尺

獅子魚科的魚類
（目前已知能潛得最深的魚類）
7,000公尺

馬里亞納海溝的深度
10,995公尺

海平面下的深度

商用航空
10,870公尺

聖母峰
8,850公尺
（確切高度8,848公尺）

哈里發塔
（全世界最高的建築物）
830公尺

皮卡爾給我的啟發

皮卡爾的冒險，大約和登陸月球發生在同一個時期，兩項計畫都是去環境險惡的地方，如果沒有驚人的科技進步，即使是在啟航的前十年，都令人難以想像可以成真。去過太空的人已有幾百個，還有12個人登陸過月球，但是和皮卡爾達成相同成就的人，就只有3個。我欣賞他保護地球的精神，而他願意投入不知接下來會發生什麼事的情況，也讓我很佩服。我們需要他這種好奇、聰明又勇敢的人。

皮卡爾和沃爾什搭著深海潛水船的里雅斯特號潛入馬里亞納海溝。

他們越潛越深……

……可是到9,000公尺的時候

嗒嚓！

他們擔心最糟的情況發生了。

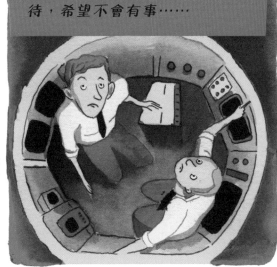

他們關閉設備電源，在寂靜中等待，希望不會有事……

好吧，我們繼續！

的里雅斯特號輕輕降落在海溝底部。

呼咻！

兩人吃巧克力慶祝……

……然後接到驚喜。

喂，你好！我可以用水聽器聽到你的聲音！

是深海電話！

麥可‧柯林斯

尼爾‧阿姆斯壯和伯茲‧艾德林在月球上走了「一小步」，從此成為名人。而太空人麥可‧柯林斯重大的任務，則是駕駛主太空船繞月球飛行，等時間到了，再接另外兩人回地球。當柯林斯飛到月球背側，無法用無線電聯絡其他人，他成了有史以來最與世隔絕的人。

柯林斯是太空船指令艙（哥倫比亞號）的駕駛員，和他一同出發的兩個朋友成為最早登陸月球的人，而那時，他只能一個人待在指令艙裡。阿姆斯壯和艾德林駕駛登月艙（鷹號）登陸月球，柯林斯則繼續繞月球飛行。每次飛到月球背側，柯林斯就會失去和地球的無線電聯繫，但他熱愛登月任務的刺激與重要性，從不覺得孤單。要是鷹號故障了，柯林斯就只能把阿姆斯壯和艾德林遺棄在月球，所以兩個朋友成功回來時，柯林斯大大鬆了一口氣。

太空人訓練

在進入太空的旅程中，就算是極小的錯誤也能迅速演變成災難。冒險前的準備工作，往往比任務本身還要費時、費工。而且相比其他冒險家，太空人需要的技能多得多！對柯林斯、阿姆斯壯與艾德林來說，準備踏上人類史上第一場登月之旅，確實十分辛苦。他們的訓練非常艱苦，事前也需要小心計畫行程。

從火箭科學到太空石塊

首先，想當太空人的話，你必須懂很多數學和科學。柯林斯說，對太空人而言，最重要的工具就是尺和鉛筆，聽起來是不是很沒有冒險的感覺？訓練的下一步，是花好幾百個小時練習飛行，學會用星星導航，還有學地質學，到時候才能研究月球上的岩石。

不過，太空人經歷的所有訓練中，最可怕的還是離心訓練。他們在裝置中一圈又一圈旋轉，轉到想吐！這項訓練讓太空人做好準備，當太空船衝進地球大氣層，他們才有辦法承受重力。

我們起飛了

基礎訓練過後，每個太空人都成了特定技能的專家。沒有人能樣樣專精，但柯林斯、阿姆斯壯和艾德林組成團隊，有充足的知識，可以嘗試從沒有人做過的事情。

能參加這麼有名的冒險，柯林斯感到很幸運，但也覺得壓力很大，因為他知道全世界都在看。除此之外，往返月球的旅程不僅艱難也危險。駕駛阿波羅11號發射出去，一定讓他們非常不安，不過只要能說自己參加了這場歷史性的遠征，一切的努力和擔憂都值得。

「我知道，如果我說在阿波羅11號的三個位子當中，我的位子最好，那我就是在騙人，不然就是傻瓜。但我能誠實地說，我對自己的位子再滿意也不過。」

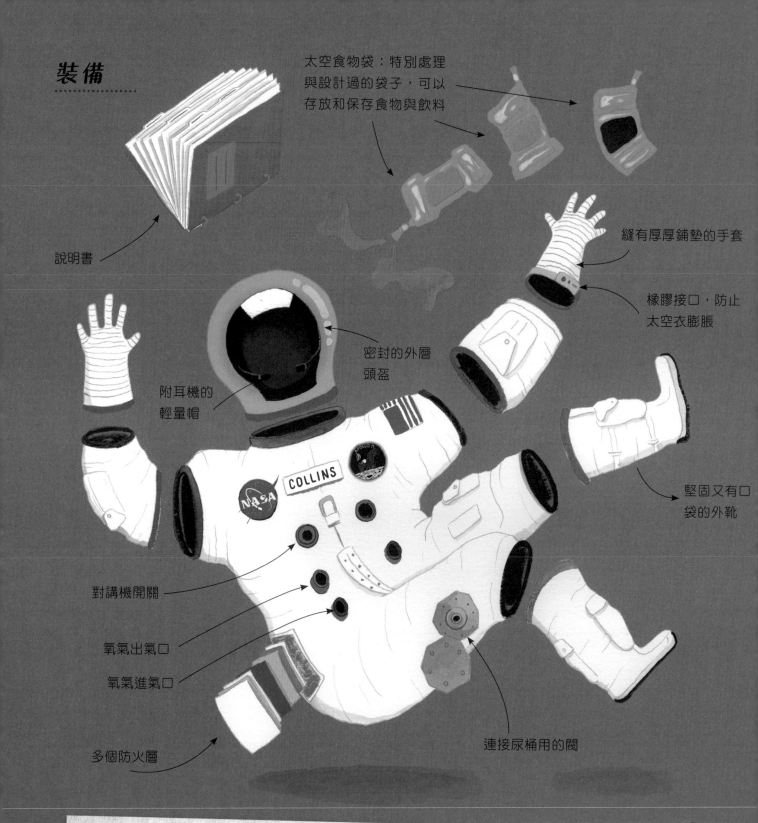

裝備

太空食物袋：特別處理與設計過的袋子，可以存放和保存食物與飲料

說明書

縫有厚厚鋪墊的手套

橡膠接口，防止太空衣膨脹

密封的外層頭盔

附耳機的輕量帽

堅固又有口袋的外靴

COLLINS

NASA

對講機開關

氧氣出氣口

氧氣進氣口

連接尿桶用的閥

多個防火層

柯林斯給我的啟發

我欣賞不只坐著說話，而會起身行動的人。柯林斯所屬的團隊完成了史上最大的冒險，少了他，任務就不可能成功，可是如今大部分的人都沒聽過他的名字。柯林斯當然也想踏上月球，但那不是他該扮演的角色。他承認了這件事，卻也很慶幸自己執行了這麼精采的任務，我很喜歡他這一點。

日記

嗯，再過不久，我們就要去月球了。這句話寫下來，感覺好不可思議！讓我加入這場冒險的，是很多努力加一點聰明，還有一些些運氣。今天是星期天，是我一週七天唯一能休息的日子。我剛煮了美味的羊肉咖哩（可是廚房被我弄得亂七八糟！），享受和我家小狗「天樞星」玩耍的時光。一切都顯得再平常不過。

我可憐的太太派翠西亞好像很擔心。我懂，畢竟我們會以每秒40,500公里的速度飛行，真的非常快！我也有點不安，尤其是想到起飛，這個階段最有可能出錯。我們的火箭有非常多燃料，如果爆炸了，我們就等於坐在2,000公噸的黃色炸藥上。還是不要想這些比較好！我也不想犯可笑的錯誤，讓自己丟臉。但整體來說，我很期待這場冒險！

昨天的直升機訓練很好玩，我們學到很多駕駛太空船的事情，那有點像是同時揉肚子和拍自己的頭。這比認識石頭有趣，之前我們還被拖到世界各地，學習和石頭有關的知識呢。我們還得學叢林

和沙漠的生存技能，以免降落在地球上時，沒落在原本預定的地點。

我的冒險，會對派翠西亞和我們三個可愛的小孩造成很大的衝擊。很少人會想到，我們這些冒險者出去追逐瘋狂的夢想時，家裡還有我們愛的人，但對家人來說，這是可怕又孤單的一件事。安和麥可才四歲和三歲，所以還不是很瞭解狀況，可是凱特七歲了，她知道我即將嘗試什麼任務。還好她很喜歡爸爸的職業是太空人，而且她似乎不怎麼擔心。我上太空的時候，一定會非常想念家人！

麥可

羅蘋‧戴維森

羅蘋‧戴維森對駱駝、沙漠或探險一無所知，只知道自己想去澳洲內陸地區冒險。她搬到艾利斯泉，花了兩年時間學怎麼控制駱駝，還有在沙漠中活下來的方法。如此一來，她才覺得自己做好了準備，可以展開穿越沙漠的旅行。

戴維森剛到艾利斯泉時，只帶著一個行李箱，裡面裝滿不合用的衣服，此外只有6塊錢，還有她的狗。兩年後，她準備好了，即將展開精采的穿越沙漠之旅。駱駝咬人和踢人的力氣很大，所以學習控制牠們非常辛苦。很多人不相信她能活著完成旅程，戴維森還得說服這些懷疑的人。

澳洲內陸乾燥無比，而且廣闊得超乎想像，對缺乏經驗的旅行者來說，這片土地令人害怕；但是這裡也十分美麗，有美到讓人忘了呼吸的風景，還有袋鼠和鳳頭鸚鵡等野生動物。戴維森花了超過6個月，走了2,700公里抵達海邊。這場冒險，挑戰了她身心的極限。

漫長的日子

大部分時間，戴維森旅行的伙伴，就只有她的愛犬「迪哥提」和4頭駱駝（杜基、巴布、齊萊卡，還有齊萊卡的孩子歌利亞）。她每天早起，泡茶、打包行囊之後幫駱駝上鞍。駱駝晚上會遊蕩覓食，所以到了早晨，戴維森必須循著駝鈴的鈴聲找回牠們。她最驚險的經歷，是以為駱駝全都跑走的那一天。沒了駱駝，戴維森肯定會在到達安全地點之前死亡。在那種情況下，你會怎麼做？

「我有兩個重要的體悟：你願意讓自己多堅強，你就能變得多堅強。還有，無論是什麼任務，最困難的部分，都是跨出第一步。」

新朋友

一晚，戴維森夢到有個原住民老公公和她做朋友，在冒險中幫助她。後來在旅途中，戴維森感到孤單時，一個名叫艾迪先生的皮詹加加拉族男人突然出現，陪戴維森走了300公里。艾迪先生不會說英語，不過他和戴維森還是能比手畫腳溝通，一起開懷大笑。

美好的景象

艱苦又漫長的六個月過後，戴維森終於到達太平洋岸邊時，她的駱駝都非常困惑。牠們從沒看過這麼多水，發現不能喝鹹水時，牠們感到很失望。儘管如此，戴維森還是設法引導她心愛的動物走到海裡，和她一起慶祝。在酷熱中旅行過後，泡在海水裡感覺應該很棒吧！

吉布森沙漠 　起點

格蘭海倫
遊客營區

阿利揚加

威路納　格蘭艾爾

卡內基

穆迪丘魯的烏魯魯
（艾爾斯岩）

終點

哈芙林池

大維多利亞沙漠

裝備

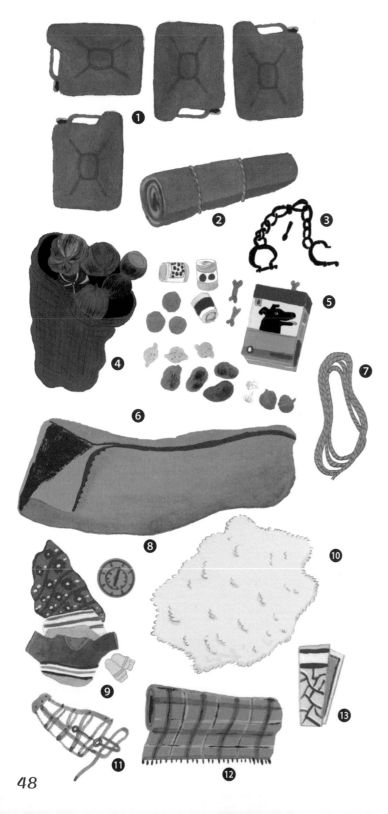

1. 好幾桶水
2. 睡墊
3. 鐐銬（用來晚上拴住駱駝）
4. 食物
5. 狗食
6. 露宿袋（攜帶式床墊與被單）
7. 繩索
8. 指北針
9. 換洗衣物
10. 羊皮毯
11. 駱駝的口套
12. 毛毯
13. 地圖

戴維森的鐵則

在野營的時候，戴維森的鐵則，就是一定要在照顧自己之前，先照顧好駱駝，牠們是冒險旅程最重要的成員。漫長的一天結束後，戴維森會取下牠們背著的行李和鞍具，然後用鐐銬拴住牠們的腳，這樣駱駝可以去找食物，但不會走太遠。完成這些工作之後，她才會升起營火煮晚餐（通常是一罐燉湯）。最後，她會鑽進露宿袋，進入夢鄉。她經常睡在營火旁，因為沙漠的夜晚很冷，氣溫可能會降到5℃以下呢。

戴維森給我的啟發

戴維森原本對駱駝與探險一無所知，但她沒有因此放棄。她大可以說「我這種人不會冒這種險」，可是戴維森堅持下去，直到她擁有差不多可以開始冒險的能力，不足的部分，她就在路上邊做邊學。我一直很想去澳洲內陸冒險，戴維森寫下《2500公里的足跡》，這本精采的書和書中美麗的照片，讓我更渴望實現夢想。

費利斯・本努齊

第二次世界大戰期間，義大利人本努齊在肯亞被俘虜，關進能遠望肯亞峰的戰俘營區。獄中生活太無聊，再加上山峰誘人的美景，讓本努齊十分渴望自由與冒險。雖然獄中囚犯要爬山並不容易，本努齊還是有了大膽的夢想！

無論是爬一座5,000公尺的高山，還是逃出戰俘營，都是很危險的行為。雖然這像是不可能的任務，本努齊心中還是抱著夢想！

本努齊找到兩個願意加入冒險的朋友，還有願意暗中幫他們準備的其他人。在獄中，他們必須發揮創意與機智，才能不被獄卒發現，用獄中找到或偷來的東西，做出冰斧、冰爪和其他裝備。他們花了8個月完成準備工作。本努齊用他們手上唯一一張地圖規畫路線，地圖是一張小小的肯亞峰圖案，貼在高湯塊罐頭上。在踏上山峰之前，本努齊等人必須逃出監獄營區。然後他們要爬上肯亞峰這座難爬的山。最後，他們打算再闖回戰俘營！

戰俘的食物少得可憐，在為冒險儲備糧食時，他們只能偶爾蒐集幾顆葡萄乾。你覺得，千辛萬苦爬上高山以後，幾顆葡萄乾夠吃嗎？

「越是考慮逃獄，我就越發現自己設下的任務有多困難。」

本努齊給我的啟發

我很喜歡這場冒險的樂趣：和朋友一起制定計畫、享受非洲之美，還有挑戰在山中嘗試困難的事情。而且他還是戰俘，情況又更複雜了！

本努齊意志堅定，就連戰爭和監獄都無法阻止他實現夢想，這非常激勵人心。他的經驗提醒我們，只要你夠有毅力，你也能踏上冒險。

他們擁有的裝備

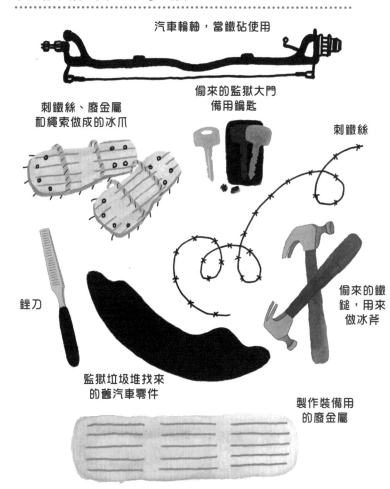

汽車輪軸，當鐵砧使用

刺鐵絲、廢金屬和繩索做成的冰爪

偷來的監獄大門備用鑰匙

刺鐵絲

銼刀

監獄垃圾堆找來的舊汽車零件

偷來的鐵鎚，用來做冰斧

製作裝備用的廢金屬

他們應該有的裝備！

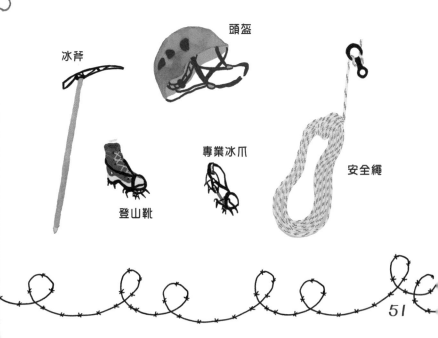

冰斧

頭盔

專業冰爪

安全繩

登山靴

在肯亞峰的召喚下，他們需要……

挖垃圾！

秘密交易！

偉大的
逃獄計畫

主演：
費利斯‧本努齊
文森佐‧巴梭提
喬邦尼‧巴雷托

偷來的工具！

裝備藏在番茄園！

53

上校，不好意思，我們必須承認一件小事……

你們爬了肯亞峰？做得好啊！等等……你們必須接受逃獄的懲罰。

啊，在牢房關禁閉的時間還有一天……

是啊，可是長期來看，還是很值得。

55

莎拉・奧登

莎拉・奧登花了4年時間，划船、騎單車和搭小艇環遊世界。她在太平洋遇到颱風，橫渡大西洋時遇到颶風。冒險之旅絕對沒有她預期的那樣順利，但奧登說，就長期來說，這樣才比較好。

你可以想像自己花4年半的時間，經由陸地與海洋環遊世界嗎？奧登就是這麼做的！奧登在完成幾個月的訓練以後開始冒險，她從英國倫敦划船出發，橫渡英吉利海峽，9個小時後抵達法國。接著，她跳上取名叫「海克力斯」的單車，朝東方出發，騎過歐洲、中亞與中國，共16,000公里。這趟旅程既艱辛又暢快，一路上，奧登學到很多關於自己的事情，也感受到人們的好心腸。

颶風與暴風雨

奧登面對最大的挑戰，是單獨划船過海（話雖如此，她第一次划船過海的時候，年紀才24歲）。她翻船20次，小船在太平洋被颶風吹壞時，她幸運獲救，還有一次在大西洋，她在颶風來襲前被人接走。大部分的人，經歷過這些以後，就不會想回到海上，但奧登找到了繼續旅行的動力。她的經驗提醒我們，冒險家必須不屈不撓、積極樂觀，而且要願意一再嘗試。此外，也讓我們體會，大自然也有凶狠的一面，以及人們為了追求冒險夢想，願意承擔多大的風險。

分享冒險

奧登的冒險不只有驚險的事件，也充滿了美好的瞬間。在中國的時候，奧登認識了一個姓高的年輕男性，高對她的冒險深感興趣，他還以為人不可能騎單車穿過一整個國家呢。高決定跟奧登一起騎到北京，第二天就買了一輛單車，兩人騎了4,800公里橫越中國。高的冒險精神，正是奧登希望自己的旅行能在別人心中激發的精神，你也有可能受她啟發喔！

奧登的船

快樂襪子號

納爾遜號

格列佛號

世界的盡頭

奧登終於登陸回到英國後，親朋好友陪她騎單車完成最後一段旅程。冒險的最後，她划船從倫敦塔橋下穿過，完成了長達40,000公里的旅行。儘管面對重重挑戰，奧登還是成功環遊世界了！

「是什麼阻撓了你？不就是你自己嗎？」

奧登給我的啟發

在海裡划單人小艇並不簡單，海上划船需要好幾種不同的技能，而且可能非常危險。騎單車橫越大陸也很困難，但在奧登獨一無二的新奇旅行中，她把兩種活動合併起來。傳統上，冒險是男性做的事，但越來越多像奧登一樣的女性，開始接受艱巨的挑戰。對夢想展開冒險的女孩子而言，奧登是很棒的楷模。

起點

啟程

奧登從英國倫敦出發,划船渡過英吉利海峽,朝法國前進。

向東騎車

奧登騎著名叫海克力斯的單[車]從法國出發,一路騎到了中國[。]在中國,有個年輕男性加入[她]的行列,一起騎了4,800公里[。]

橫渡北太平洋

奧登再次從日本出發,這次乘著她的新船快樂襪子號。她在暴風雨中航行好幾週,出發4個月後,她改變航線,朝阿拉斯加前進。

整頓與重啟

她先回英國整頓一番,然後又回到日本。

阿拉斯加

科簡文再次加入,和奧登[一]起從埃達克島划船到荷馬[。]

終點線

奧登划船順著泰晤士河而下,再度穿過塔橋底下,完成費時4年半、總共40,000公里的遠征。

抵達終點

渡海到日本
奧登划船到日本，同行的朋友是賈絲汀·科簡文。

航行太平洋
奧登乘著格列佛號單獨啟航，划船前往加拿大，但是她遇到颶風，不得不接受救援。

北美
奧登騎單車橫越北美，從太平洋側騎到大西洋側。當時是北美史上最冷的冬季之一。

橫渡大西洋
她划船橫渡北大西洋，但因為颶風襲擊，她不得不在海上拋棄快樂襪子號。

英國，
終點前的最後一段
奧登在親朋好友與支持者的陪伴下，從英國法爾茅斯騎單車到牛津。

59

伊本・巴圖塔

阿布・阿布杜拉・穆罕默德・伊本・巴圖塔（暱稱「伊本」，在阿拉伯語是「兒子」的意思），是史上經驗最豐富的旅行者之一，走得比傳說中的馬可・波羅更久、更遠。21歲時，他騎驢從摩洛哥出發，30年都沒有回家！伊本・巴圖塔在亞洲、中東與非洲四處旅行，幾乎走遍當時人們所知道的世界，他看到許多700年前的人覺得不可思議的事物。

伊本・巴圖塔出發去麥加朝聖（這是沙烏地阿拉伯的一座聖城，穆斯林會努力在有生之年前往拜訪）。在朝聖路上，他發現世界上有太多值得探索的地方了。他寫說，離開爸媽確實很難過，但他有股強烈的欲望，想要走訪更多沒去過的國家。

> 「我獨自啟程，沒有能陪伴我、帶給我歡樂的旅伴，也沒有商隊可以讓我加入。但內在的衝動，和心中珍藏已久的渴望，促使我去造訪這些著名的聖地。於是，我下定決心離開所有親愛的人，像離巢的鳥一樣，離開了家鄉。」

奇蹟與魔法

伊本・巴圖塔沒有計畫，只任由好奇心帶他往前走，所以他的冒險地圖看起來不像一條路，反而比較像蜘蛛網！他遇到了吞火人、魔術師，與跳迴旋舞的修士，甚至在路上結了10次婚！和這些奇怪又有趣的人見面是什麼感覺，你能想像嗎？

世界就在他腳下

向東行的時候，他的視野漸漸變得開闊。在埃及的亞歷山卓，伊本・巴圖塔夢到自己坐在大鳥的翅膀上，一路飛到葉門，然後往東和往南飛，「在陰暗的綠色國度降落」。他

到麥加朝聖整整5次，也探索了伊拉克、伊朗與波斯灣，再往南來到今天的肯亞，還在基督教首府君士坦丁堡住了一陣子（君士坦丁堡曾經是歐洲最大、最富裕的城市）。後來，伊本・巴圖塔穿過克里米亞、中亞與阿富汗，去到印度的德里邦。

伊本・巴圖塔這個背包客，為了追求心靈成長，勇敢面對了盜賊、水泡與自己的偏見，在旅途中遊遍了北非、稱作非洲之角的東北非、西非與東歐，以及中東、南亞、中亞、東南亞與中國。他冒險的規模大得驚人，你甚至可以說，伊本・巴圖塔是有史以來最偉大的旅行者。

在阿富汗的山上，伊本・巴圖塔讓駱駝走在鋪上毛氈衣服的地面，免得駱駝陷進雪地。

伊本・巴圖塔給我的啟發

伊本・巴圖塔旅行的範圍大得不可思議。我剛開始夢想展開冒險時，計畫比較容易制定，因為我已經讀過很多故事，也看過世界奇觀的照片了。我知道自己有可能完成大冒險，因為我的英雄都已經先達成同樣成就了。伊本・巴圖塔出發的時候，什麼都不知道，推動他往前走的，只有一樣東西——好奇心。好奇心也許是冒險家最重要的特質。

伊本·巴圖塔的旅行

這張地圖畫出了伊本·巴圖塔在30年的冒險中，遊歷過多麼廣泛的地方。他的遊歷寫成了一本書，書名取得很好：《獻給嚮往城市奇觀與旅行驚奇之人的贈禮》。這邊分享一些他寫下的經歷：

歐洲

新薩萊

阿斯特拉罕

克赤

君士坦丁堡

錫諾普

安塔利亞 ❹ 大布里士

起點

格拉納達 阿爾及爾 阿勒坡 莫瑟爾

丹吉爾 特萊姆森 突尼斯 的黎波里 拉塔基亞 巴格達

終點 費茲 加薩 大馬士革

馬拉喀什 錫吉勒馬薩 亞歷山卓 耶路撒冷 庫霉

開羅 塔布克 蓋提夫

瓦拉塔 廷布克圖 阿索 路克索 美迪納 胡富夫

加奧 塔克達 阿德哈布 吉達 麥加 ❶

沙那

非洲 亞丁

吉布地

❹伊本·巴圖塔恰好躲過在阿勒坡爆發的鼠疫疫情。

❺伊本·巴圖塔穿過了阿富汗的卡瓦克山口，那裡的高度有4,000公尺，十分驚人！

❻前往海岸的路上，伊本·巴圖塔和護衛隊被一群盜賊攻擊，雖然被搶，也受了傷，他終究平安抵達德里。

❶ 他原本出門旅行的目的地。伊本·巴圖塔為了完成穆斯林的朝聖之旅，前往麥加。

❷ 伊本·巴圖塔造訪了亞歷山大燈塔兩次，此地曾是世界7大奇蹟之一。

❸ 伊本·巴圖塔在亞歷山卓附近拜訪一位聖人，他在那兒夢到一隻大鳥載他往遙遠的東方飛。聖人告訴他，這是一個預兆，表示他以後會前去印度。後來他真的去了印度。

伊本·巴圖塔的旅遊

布哈拉

撒馬爾罕

興都庫什山

喀布爾

❺

木爾坦

莫茲

❼ 德里

印度

斯開特

坎貝

道拉塔巴德

卡利刻特

中國

杭州

廣州　泉州

吉大港

歸仁市

❾

斯里蘭卡，亞當峰

薩姆德拉

馬爾地夫

❻

❽

❼ 伊本·巴圖塔在德里住了8年，擔任法官。

❽ 他以大使的身分，從印度乘船到中國，船上載滿了金銀等外交禮物，結果船在一場暴風雨中沉沒。伊本被沖上岸，除了一張禮拜毯，身邊什麼都不剩！

❾ 他造訪了斯里蘭卡的亞當峰（這是聖地，據說留有聖神的腳印）。

拉帕·利塔·雪巴

拉帕·利塔·雪巴第一次爬上世界最高峰聖母峰時，年僅21歲。現在，他已經登上聖母峰17次，很驚人吧！利塔也是第一個爬過七大洲最高峰（又稱「七頂峰」）的尼泊爾人。

「從小開始訓練。你需要身體的力量，也需要精神的力量。此外，你還需要耐力。」

對喜馬拉雅登山探險隊來說，尼泊爾的雪巴人，一直是不可或缺的助力。喜馬拉雅山上的生活相當辛苦，雪巴人住在比其他民族更高的地方，在險峻的山谷、積雪的高峰，還有冰冷的河流之間。他們是強韌的民族，習慣在嚴峻的高海拔環境下辛勤工作。

滿懷期待

利塔受到同樣是雪巴登山家的丹增·諾蓋啟發，也成了登山嚮導。諾蓋和艾德蒙·希拉里，是最先登上世界最高峰的人，直到現在，諾蓋仍然是利塔心目中的英雄。在學校學英文之後，利塔夢想爬上聖母峰，於是他叔叔便僱他來聖母峰基地營幫忙。從此之後，利塔參加了將近30次聖母峰遠征，是世界上少數幾個全職的雪巴高山嚮導之一。

遇到雪崩時，利塔建議我們：「你一定要游泳，在雪裡游泳，才不會溺死。」

你知道嗎？

很多雪巴人的名字，和他們出生那一天是星期幾有關。拉帕·利塔出生在星期三！

星期一：達瓦
星期二：米馬
星期三：拉帕
星期四：福爾巴
星期五：帕桑
星期六：培恩巴
星期日：基馬

大成就

利塔的第一場遠征，是他在聖母峰最快樂的回憶之一。他每天面帶笑容，就算運裝備上山時遭遇雪崩，他還是笑嘻嘻的！那年，利塔沒有登頂，但他學得很快。光是在山上活下來，就需要勇氣和技術。

登頂

第一次登上世界最高點時，利塔在當一對南斯拉夫情侶的嚮導。對21歲的他來說，登頂是他的終極目標。利塔知道，成功登頂不只會讓他以自己的成就為榮，以後他擔任嚮導可以賺的錢也變多了。他記得那天天氣很好，平靜，陽光普照，沒有任何一絲風，因此利塔和那對情侶得以在世界最高點度過美好的30分鐘，享受勝利的感覺，還有壯麗的風景。當時他作夢也沒想到，自己還會重返那特別的一小塊地，而且是重返16次。

尼泊爾，泰美

利塔在一個偏遠的小村子長大，他有6個姊妹、2個兄弟。

每天早晨，太陽升起時，9歲的利塔會出門，走路4小時去上學⋯⋯

⋯⋯然後在黑暗中走4小時回家！

有一天，幾位特別的訪客來到利塔的學校。是他的英雄：諾蓋和希拉里！

利塔仔細聽最先爬上世界最高峰的兩個人說話，開始夢想自己也要達成相同的成就。

他受到了鼓舞，開始努力學英語。他知道，如果要成為高山嚮導，他需要懂英語。

利塔的努力有了收穫！他的叔叔給了他第一份工作：在聖母峰基地營當幫手。

利塔完成了學業，還有他的第一次遠征。從此，他的人生道路就是一直往上爬！

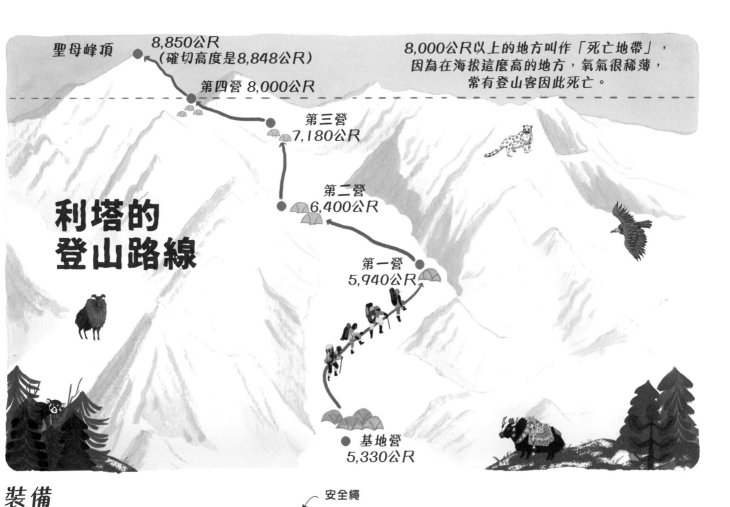

利塔的登山路線

聖母峰頂 8,850公尺
（確切高度是8,848公尺）

第四營 8,000公尺

第三營 7,180公尺

第二營 6,400公尺

第一營 5,940公尺

基地營 5,330公尺

> 8,000公尺以上的地方叫作「死亡地帶」，因為在海拔這麼高的地方，氧氣很稀薄，常有登山客因此死亡。

裝備

- 安全繩
- 頭燈
- 護目鏡
- 氧氣罩
- 鉤環
- 吊帶
- 尿瓶
- 冰爪
- 頭盔
- 冰斧
- 面罩
- 高海拔登山用羽絨連身裝
- 氧氣筒
- 高山登山靴

利塔給我的啟發

我們讀的聖母峰登山記，通常是西方人寫的，作者有時會忽略尼泊爾當地嚮導的重要性，沒提到是高山嚮導幫助他們完成冒險。我想讓大家注意到雪巴人的文化，每一場成功的聖母峰探險，都有雪巴人的幫助。

利塔不僅達成許多驚人的登山成就，一路上還幫助許多人，救了一些登山客的性命，還有帶領其他人登頂。對嚮往冒險的人來說，他是很好的榜樣。

娜麗‧布萊

伊麗莎白‧珍‧科克倫的筆名，是許多人耳熟能詳的「娜麗‧布萊」。她讀了一本熱門小說《環遊世界八十天》，深受啟發。這本書講述一個名叫菲利雅斯‧福格的男人試圖迅速環遊世界。布萊身為記者，想親自看看究竟可不可能在這麼短的時間內繞地球一圈。結果她不但成功完成了36,400公里的旅行，還破了書中80天的紀錄！

讀完《環遊世界八十天》以後，布萊向她工作的報社提案，希望能實際完成書中的冒險。她會嘗試用比以前的人還快的速度環遊世界，路上持續寄回刺激的故事。

她上司喜歡這個想法，但他說，這麼困難的任務，只有男人能完成！幸好他改變了心意，問布萊說：「妳可以後天開始環遊世界之旅嗎？」布萊回答：「我現在就可以出發！」

「如果想做，你就做得到。
問題是，你想做嗎？」

輕裝旅行

報社給布萊價值200英鎊的黃金和鈔票作旅費（在今天，這筆錢價值大約85萬新台幣）。在旅途中，她把黃金收在口袋，鈔票裝在袋子裡掛在脖子上。

上路時，布萊只帶著一個小旅行包。她帶了幾件換洗內衣褲，但洋裝只帶了一件，是為了這次旅行特別做的，用藍色純羊毛製成。布萊還勉強往包包裡塞了一些東西：一件睡袍、一件單排扣西裝外套、一雙便鞋、兩頂帽子、三塊面紗，還有幾條手帕。她還帶了一個杯子、一個酒瓶、針線，還有文具。包包裡甚至還有一點點空間，放一小瓶面霜——那是布萊身上唯一的奢侈品。

啟航

布萊從美國紐澤西州出發，開始計時，比賽起跑了！一開始，她嚴重暈船，不過隨著船隻穿過大西洋，她很快就恢復了。布萊並不知道，在這同時，有另一間報社派出競爭對手從反方向環遊世界。這表示，布萊不但要和時間賽跑，還得贏過對手——伊莉莎白·比斯蘭！

即使可能影響她緊迫的時程，布萊還是無法抗拒某個需繞遠路的誘惑：《環遊世界八十天》的作者儒勒·凡爾納聽到布萊冒險的消息，邀她到法國見上一面。雖然這麼做就必須趕火車，而且一兩個晚上不能睡，布萊還是接受他的邀請。

最後，布萊在短短72天後回到紐澤西，破了福格的紀錄，也贏過了比斯蘭。多得數不清的人聚集在一起，歡迎她歸鄉。歷史上還沒有人用這麼快的速度環遊世界過呢！

裝備

❶ 筆墨　　　❺ 換洗內衣褲　　❾ 牙膏
❷ 針線　　　❻ 旅行袋　　　　❿ 面霜
❸ 手帕　　　❼ 帽子
❹ 便鞋　　　❽ 酒瓶

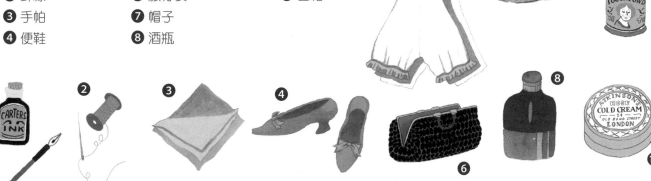

娜麗·布萊
環遊世界
72天

西半球

北極海

布萊的上司租了一臺私人火車，載布萊從舊金山到芝加哥，讓她打敗對手。

她搭奧瑪哈號，從日本啟航前往美國，船上的樂隊還為她演奏〈甜蜜的家庭〉。

布萊騎小馬穿過香港，在當地過耶誕。

舊金山

芝加哥
13

匹茲堡
16

12

洛根斯波特
14

15

17
澤西城

俄亥俄州
哥倫布市

起點
11月14日
布萊從紐澤西州荷波肯出發。

終點
1月25日
布萊到家了！

南大平洋

南冰洋

在1889年，高速完成環球旅行不但是耐力賽，還是高風險智力賽。參賽者有很多晚上都沒辦法休息，必須匆匆忙忙轉搭不同的交通工具，還得在雨中衝刺去搭輪船——但也有一些永生難忘的回憶！以下是其中幾個例子。

東半球

北極海

2　英國，倫敦

3　法國，亞眠

4　義大利，布林迪西

5　埃及，塞德港

葉門，亞丁　6

斯里蘭卡·可倫坡

馬來西亞·檳城

7

8　9

新加坡

11

日本·橫濱

北太平洋

10　香港

印度洋

南冰洋

在埃及，布萊看到一群男人在河灘抓鱷魚，他們把鱷魚壓住，用繩索綁起來。

在新加坡時，布萊買了一隻猴子。

布萊愛上了日本。她在日記裡寫說，日本「取悅了我的美感」。

71

威福瑞・塞西格

威福瑞・塞西格也許是末代大探險家，他曾在世界上許多荒野中大步前進。他痛恨科技與擁擠的現代世界，遠離文明、身在危險的環境中，他才感到最快樂。他熱愛沙漠旅行的辛苦，以及沙漠民族的陪伴，因此花了很多時間在阿拉伯旅行。

「重要的不是目標，而是邁向目標途中的旅程。旅程越是艱辛，就越是值得。」

威福瑞·塞西格能名列現代大冒險家之一，是因為他在阿拉伯半島廣闊的魯卜哈利沙漠，完成了兩趟壯闊的旅行。這是全世界最大的砂質沙漠，塞西格曾騎駱駝橫越兩次。他原本的目的是幫政府畫出蝗蟲遷徙地圖，但實際上他只是想要享受長途旅行，想遠離吵鬧的現代世界。

受祝福的人

旅途中，塞西格穿的是當地人的服裝，也和貝都因旅伴一樣赤腳走路。貝都因人是對沙漠瞭若指掌的阿拉伯本地民族。他們用駱駝載運裝備和水，有時候也會騎這些駱駝前進，不過他們也經常徒步行走。塞西格的兩個旅伴不會說英語，旅伴叫他「Mubarak bin London」，在阿拉伯語的意思是「有福的倫敦人」。

令人口渴的工作

一行人在魯卜哈利沙漠中的飲食非常簡單，只有麵粉、椰棗乾，還有抓得到的小動物。飲用水裝在會滲漏的羊皮袋裡，掛在駱駝背上。羊皮袋會漏水，這給他們很大的壓力，小小的隊伍在沙漠中行走，希望能找到綠洲，把水袋裝滿。他們通常得挖掘沙地才能找到水，還得把水桶放入臨時挖的水井，撈出鹹水……真是令人口渴的工作！你能想像在令人汗流浹背的高溫下，重複他們的動作嗎？為了省著用，他們常常只能喝半公升。但在沙漠裡，大部分的人都需要喝五倍以上的水，塞西格因此飽受酷熱與口渴折磨。

沙子與星星

有時，塞西格與他的同伴賓卡比那、賓加巴沙，必須面對高達30公尺的紅色大沙丘，那很難騎著駱駝越過。每次駱駝跌跤或絆倒，他們就擔心珍貴的水袋破掉。

還有些時候，他們走過充滿石子的平原，熱氣讓景色閃爍模糊，每天看見毫無變化的天際線，幾乎要把他們搞瘋了。除此之外，塞西格和朋友有時會被其他部族的搶匪追趕，有一次，甚至有警察以為他是間諜，逮捕了他！

放鬆身心

只有在天黑了，塞西格和旅伴紮營後才能放鬆。他們用沙漠植物的根生起小火，把麵粉揉成麵團，在灰燼中烘烤。三個男人在星空下閒聊，一面說故事，一面喝著小小杯的濃咖啡，最後用毛毯裹住身體，在堅硬的地面睡下。

裝備

氣壓表（用來測量大氣壓力）

擋太陽用的圍巾

書

TOLSTOY WAR AND PEACE

素描本

穿在長袍外面的貝都因罩衫

葉門雙刃彎刀（一種有彎曲刀刃的匕首）

相機和底片

腰帶

白棉製的貝都因長袍（長及腳踝的寬鬆衣服）

急救箱

零錢包

押花板

塞西格給我的啟發

我在塞西格的大學母校就學時，讀了他寫的書。塞西格擁有「男人的勇氣，去實現男孩的夢想」，而《阿拉伯沙地》這部作品鼓勵我思考自己的大冒險時，想法要狂放，作法要簡樸。我受塞西格啟發，也想和他一樣，在熾熱、寂靜的魯卜哈利沙漠旅行。十年後，我終於實現夢想了。

日記

我的魯卜哈利沙漠之旅，終於來到尾聲，我們走了這麼久，就快完全穿過沙漠了。旅行就要結束了，感覺真不可思議。有時候，我會數自己走到樹叢或其他地標的腳步，和所剩的路程相比，那個數字感覺好渺小。但是，我從不想走得更快，這樣才有時間注意一些東西：樹叢下的蝗蟲、野兔的腳印，還有沙地波浪的形狀和顏色。如果開車衝過去，一定非常無聊。

話雖這麼說，我們還是很辛苦。太陽每天都又猛又烈，我們奮力爬上大沙丘，整條小腿陷入軟沙時，我會覺得頭暈目眩，還會噁心。大部分的日子，我都渴得要命，可是我們的水太少了，我知道自己要痛苦地等上幾個鐘頭，才能在傍晚喝點水。

我的貝都因朋友比我堅強得多。賓卡比那和賓加巴沙成了我的摯友，如果沒有他們，我根本不可能完成旅行。他們從出生到現在，已習慣了這種艱辛的生活，包括節約用水、摻了沙粒的麵包、刺眼的陽光和酷熱。他們沒體驗過別種生活，所以能吃苦，不過我的情況則是，這片殘酷的土地對我施了魔法，世界上沒有任何地方比得上這裡。

在這裡，我學會感激每一件小事：乾淨的飲用水、填飽肚子的食物、遮蔽處，還有一夜好眠。現在，我穿過了魯卜哈利沙漠。這對其他人來說，並不是什麼重要的旅行。我畫的地圖不怎麼精確，而且老實說，應該不會有人用上。那這趟旅行的意義是什麼？這是屬於我自己的體驗，得到的獎勵會是乾淨且沒有雜味的飲用水。這樣，我就滿足了。

我知道，我永遠不會忘記這場冒險。經歷過這種生活以後，你不可能完全不變，無論我去往何方，我都會帶著沙漠的回憶。現在我是流浪者了，總是夢想朝下一趟旅行前進，我也知道，我永遠會渴望回到魯卜哈利沙漠。

威福瑞

奧黛麗・蘇瑟蘭

20年來每一個夏季，奧黛麗・蘇瑟蘭都會乘著小充氣艇，探索阿拉斯加崎嶇的海岸線。她不高也不壯，而且她是等到小孩長大，自己擁有更多空閒時間以後，才展開13,000公里的划船冒險。

奧黛麗・蘇瑟蘭第一次看見阿拉斯加時，廣大的荒野與美麗的島嶼和海灣，激發了她的想像力。這裡的風景，和她居住的夏威夷完全不同。蘇瑟蘭開始夢想划小艇繞行阿拉斯加海岸，有天她看著鏡子，對自己說：「這位女士，妳是不是越來越老了？需要體力的事情，最好現在完成。要坐在辦公桌前工作，可以之後再做。」於是她辭掉工作，開始計畫第一場遠征。

「最讓我們後悔的，不是犯過的錯，而是我們沒做過的事。」

迷人的風景

多年來，蘇瑟蘭的旅行，讓她看見許多驚人的美景。她深愛自己看見的野生動物，例如狼、熊、鮭魚和海豹。她看見好幾百隻鯨魚，有一次還離兩隻虎鯨很近，她害怕極了！

有一天，蘇瑟蘭望見兩片黑色背鰭朝她游來，她掉轉船頭，全速划槳，但前方是懸崖，她不可能從那個方向逃走。幸好虎鯨已經和她擦身而過，似乎對她一點興趣也沒有。蘇瑟蘭罵自己大驚小怪。如果是你，會不會和她做一樣的事？

下次看見虎鯨時，蘇瑟蘭強迫自己保持冷靜，看著牠越游越近、越游越近，真的非常非常近……虎鯨在她前方探頭，離她只有一艘船的距離，水流翻湧，讓小艇跟著上浮。虎鯨吹出一口空氣和水，看了她一眼……然後消失了！蘇瑟蘭看得眼花撩亂，深深著迷，覺得自己能去到那個地方，實在太幸運了！

16歲前 該做的24件事：

根據蘇瑟蘭的說法，每個小孩都應該要會：

- 輕鬆游400公尺
- 洗碗
- 煮出一頓簡單的飯
- 看到該做的工作，就去做
- 好好保養工具，用完了就收起來
- 接電線，或是把電器接上電線
- 找到適合自己的5種工作，並知道相關的基本資訊
- 在那些領域各當一個月的義工
- 用完筆刷後清洗乾淨
- 換尿布和輪胎
- 聽大人說話時要很投入、有同理心
- 主動和負責任地做完學校功課和家事
- 和任何年紀的人跳舞
- 處理生魚和全雞
- 知道基本的急救5步驟：恢復呼吸心跳、控制出血、稀釋毒素、固定骨折、處理休克狀態
- 有基本的閱讀能力
- 寫履歷和自薦信
- 懂一些基本的汽車機械學，還有簡單的修車技巧
- 用大眾運輸在陌生的城市旅遊
- 找到有薪水的工作，工作一個月
- 看地圖
- 能安全使用小船，有划船的能力
- 縫補自己的衣服
- 洗自己的衣服

亞力山大群島

千島

阿拉斯加的內線航道，是一條彎彎曲曲的海岸航道，位在阿拉斯加南部的亞力山大群島超過1,000座島嶼間。光是在這一個世界上的小角落，就有值得用一輩子體驗的冒險了，包括純樸清新的美麗大自然、緩緩落下的夕陽、無數個完美的露營地點，而且還不只這些。

蘇瑟蘭冬天都在家裡，看著地圖作白日夢，規畫並想像接下來的冒險、準備食物與裝備，以及為下一個夏天等著她的種種驚喜，做充足的準備。

在蘇瑟蘭的冒險中，食物占很重要的地位。她喜歡花時間在野外煮美味的料理。划船度過漫長的一天後，她會採集野菜和貽貝，加入蒜頭與橄欖油一起烹調。冒險中的食物總是比較好吃！以下是蘇瑟蘭最喜歡的料理之一：

熊餅

食材

- 500公克的顆粒花生醬
- 500公克的蜂蜜
- 500公克的脫脂或全脂奶粉（不要即溶奶粉）

調理方法

把食材混合成偏硬的麵團，喜歡的話，可以加入堅果、葡萄乾或切碎的椰棗。用力壓入兩個方形金屬盒，切成長條或塊狀，分別用鋁箔紙包起來，裝進夾鏈袋。

在家製作並包裝熊餅，但別在出發兩天前或更早準備，因為太早做的話，你可能還沒出發就先吃光光了！

每天午餐吃2塊餅，再加上果乾、堅果、什錦乾果、燕麥棒，還有果汁或水，你就有力氣繼續划槳了！

蘇瑟蘭給我的啟發

蘇瑟蘭是在年紀較大的時候才開始冒險，她的經驗告訴我們，比起年紀，冒險生活和你的心態比較有關。無論遇到什麼狀況，蘇瑟蘭總是樂觀看事情，對自己誠實，也不會找藉口。最重要的是，不管是對於眼前所見的美景、對自己的冒險，或是準備好的美味料理，她總是很感激。蘇瑟蘭是很棒的老師，她的冒險哲學從來沒變過：「簡單去，獨自去，現在就去。」

班尼迪克・亞倫

班尼迪克・亞倫年僅10歲時，就受到擔任試飛員的父親影響，決定成為探險家。亞倫經常和原住民一起住在偏遠的環境裡，也是目前已知唯一曾橫越亞馬遜叢林最寬處的人。冒險讓他走遍世界各地。

很多小孩都夢想成為探險家，但是在成長過程中，別人會說世界已經被探索完了，或者叫孩子找「正經工作」。但是亞倫的爸爸告訴他，外面還有令人熱血沸騰的世界可以探索，所以他一直沒放棄成為探險家的夢想。

和鱷魚一樣強壯

從北極冰原到蠻荒的亞馬遜叢林，亞倫都去過，他是當代經歷最豐富的探險家之一。他常和原住民相處，原住民會教他求生技能，有時還歡迎他參加神聖的祭典與儀式。亞倫靠著這些經驗，成為目前已知第一個橫越亞馬遜盆地最寬處的人。這趟旅行長達5,800公里，他徒步走了超過7個月。

亞倫有過許多冒險，包括花5個多月騎馬和駱駝，從西伯利亞出發，穿過蒙古和戈壁沙漠。他也曾騎駱駝穿過非洲南部的納米比沙漠，花3個月沿著荒涼的骷髏海岸旅行。之所以叫骷髏海岸，是因為海裡的鯨魚骨和沉船，會被沖到岸上。

另一次遠征中，亞倫穿過冰冷的白令海峽，身邊只有一隊雪橇狗作伴。他也是巴布亞紐幾內亞唯一一個參加部落儀式的外來人士，人稱「和鱷魚一樣強壯的男人」。

單獨上路

亞倫冒險時，沒有同伴、後援或手機，風險相當高，他能在許多危險的情境中活下來，也是運氣很好。

有一次，他甚至得用修鞋工具，縫合胸口的傷，還沒有麻醉藥可以用呢！你能想像自己做這種事嗎？他承認，在冒險途中，他經常感到害怕。

「我的原則？簡單來說，就是把東西留在家裡！全球定位系統、衛星電話和旅伴……這些都很有用，但我想瞭解環境，外在協助卻會限制我和環境的接觸。」

我的名字是亞倫，我經歷過一些非常可怕的冒險。

我曾經被貪心的金礦礦工攻擊，他們一路追進樹林裡。我得在沒有任何食物或裝備的情況下，生存好幾個星期！

甚至有盜賊朝我開槍！

有一次，我被嚮導騙了，他們偷走所有的東西，然後丟下我！

但是，讓我困擾的，不一定只有人類……

好，他睡著了。

我們走！

在西伯利亞一場暴風雪中，我的雪橇狗都跑走了。要不是我找到一個雪洞過夜避難，我早就死了。

狗要自求多福！

但危險歸危險，我還是愛冒險。

我其實只需要……

漫長的一天結束後，有地方休息……

還有一些簡單的食物……

吉布森沙漠裡的蜜蟻

……不過比起西米蟲，我比較喜歡蜜蟻！

我要自由！

一隻想從我嘴裡逃出去的西米蟲！

裝備

去叢林探險時，亞倫總是會帶上生存裝備，裝備包括：

1 開山刀（用來劈開茂密的草木）
2 芥末醬或番茄醬（可以讓蟲蟲變好吃！）
3 指南針
4 吊床

5 防水布
6 哨子
7 鐵絲
8 健行靴

9 家鄉的明信片
10 防水筆記本和原子筆
11 打火機和防水火柴
12 釣魚鉤

亞倫給我的啟發

我這輩子讀的第一和第二本冒險書，是范恩斯的《危險生活》，還有亞倫的《瘋狂白巨人》。這兩個男人，立刻成了我心目中的英雄。剛開始冒險那幾年，事情出錯時，我經常問自己：「如果是亞倫，他會怎麼做？」他有原住民族的刺青，曾經在沙漠、叢林和北極遠征，生命中充滿了冒險。他是我們的冒險家好榜樣！

薩卡加維亞

薩卡加維亞是美洲原住民婦女，年輕時用她對當地環境的知識，幫助知名的路易斯與克拉克遠征隊，首度穿越今天的美國領土。她跟著遠征隊步行、划船和騎馬，旅行了超過7,000公里，帶一行人穿過茂密的樹林、波濤洶湧的河流，還有陡峭的山峰。最了不起的是，當時薩卡加維亞才16歲，而且幾乎整段旅程都背著她的小嬰兒。

懷孕的薩卡加維亞，認識了路易斯和克拉克。

薩卡加維亞生下小嬰兒。

遠征隊的獨木舟翻船了，薩卡加維亞救下了重要的文件。

薩卡加維亞幫助遠征隊買馬，好讓團隊越過落磯山。

薩卡加維亞和失散已久的兄弟重聚，他已經當上族長了。

薩卡加維亞 和路易斯與克拉克 的旅行

克拉特索普堡　黑腳　曼丹　曼丹堡
克羅　蘇族
西秀修尼
東秀修尼
奧瑪哈
聖查爾斯　坎普伍德
聖路易

薩卡加維亞從小在美國愛達荷州落磯山區長大，家鄉在薩蒙河附近。她所屬的部族名叫「蘭希秀修尼印地安人」。

新視野

在那個年代，剛建國不久的美利堅合眾國跟法國買來一大塊土地，面積幾乎比英國大9倍！加上這塊新土地，國家的大小變成原本的兩倍多，但是還沒有人去新領土探索過。於是，政府派了兩個人（梅里韋瑟・路易斯隊長和威廉・克拉克）踏上探索之旅，這場旅行後來被稱為「路易斯與克拉克遠征」。他們在路上遇到薩卡加維亞，她背著還是嬰兒的兒子，隨團隊穿過美國的新土地，旅行了超過一年。

必備技能

薩卡加維亞擁有非常多關於根莖類、蔬菜，和當地環境的知識。她知道怎麼打獵、挖野菜，還有在最荒涼的地方找食物，對遠征隊貢獻很多。那趟旅行中，薩卡加維亞是唯一的美洲原住民、唯一的女性、唯一的母親，也是唯一的青少年。有些時候，她想必會感到孤單，但是她很勇敢、很大膽，所以堅持了下去。

保持冷靜

那趟旅行也有危險。遠征隊乘的船在密蘇里河翻船，團隊遇上了大危機，但是薩卡加維亞一直很冷靜，救下大量重要文件、器具、書本和藥品，要不是有她，那些東西一定會消失在河裡。為了獎勵英勇的薩卡加維亞，路易斯與克拉克用她的名字，為河的那一個區域命名，直到今天，你還是能走訪那個地方。

「在這片土地上，薩卡加維亞導引我，貢獻良多。」
——威廉・克拉克

裝備

遠征隊必須帶各式各樣的工具，包括在野外旅行、導航、自衛、狩獵和捕魚的工具，還有營帳和醫療用具。一行人還帶了許多禮物，送給路上遇到的美洲原住民部族，包括針、剪刀、梳子、絲布、珠子和鏡子。

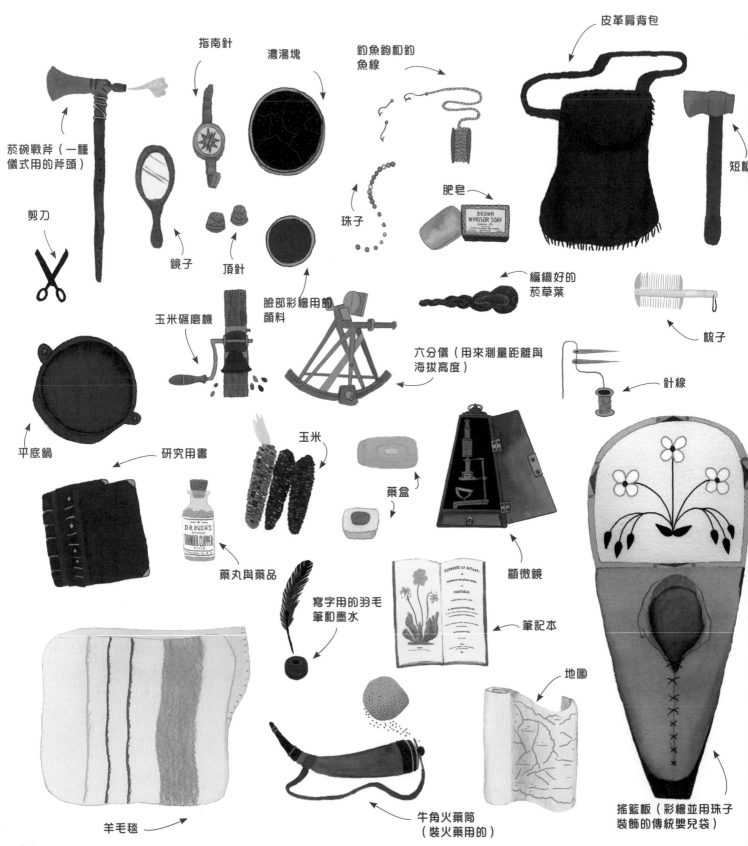

菸碗戰斧（一種儀式用的斧頭）

指南針

濃湯塊

釣魚鉤和釣魚線

皮革肩背包

短柄

剪刀

鏡子

頂針

珠子

肥皂

BROWN WINDSOR SOAP

玉米碾磨機

臉部彩繪用的顏料

六分儀（用來測量距離與海拔高度）

編織好的菸草葉

梳子

針線

平底鍋

研究用書

玉米

藥盒

顯微鏡

D.R.RUSH'S THUNDER CLAPPER PILLS

藥丸與藥品

ELEMENTS OF BOTANY;

寫字用的羽毛筆和墨水

筆記本

地圖

羊毛毯

牛角火藥筒（裝火藥用的）

搖籃板（彩繪並用珠子裝飾的傳統嬰兒袋）

美洲原住民的
牛肉燉湯

食材

- 1公斤切丁的水牛肉或牛肉
- 50公克奶油
- 50公克切碎的火腿
- 2茶匙壓碎的蒜頭
- 1片月桂葉
- 1顆細切的洋蔥
- 2根切片的紅蘿蔔
- 800毫升牛肉高湯
- 30公克麵粉
- 2湯匙切碎的新鮮荷蘭芹
- 1/2茶匙百里香
- 依喜好加入鹽與胡椒

調理方法

1) 在平底鍋裡，用大火與奶油，把牛肉丁煎到表面變成褐色，然後加入火腿和蒜頭。
2) 加入月桂葉、洋蔥、紅蘿蔔和牛肉高湯，煮到食材變軟。
3) 加熱到沸騰，然後燉煮大約1小時。
4) 放入麵粉，攪拌到燉湯開始變稠。
5) 混入荷蘭芹、百里香和奶油。
6) 停止加熱，依喜好加入鹽與胡椒，然後上菜。

薩卡加維亞給我的啟發

以前的探險者說自己找到了新的土地，但其實他們通常只是去到當地人已經默默居住了好幾百年的地方而已。薩卡加維亞不是專業的探險家，她只是十幾歲的女孩子，還是年輕媽媽，但她所屬的秀修尼族對這片土地非常熟悉。薩卡加維亞是勇敢又機智的年輕人，成了知名遠征隊重要的成員。

索爾・海爾達

索爾・海爾達沒有任何航海經驗，也不會游泳，他的動力是純粹的決心。他相信古代人在還沒有導航工具的時候，就在海上長途旅行了，他也相信南太平洋島嶼上的人，可能是從南美洲乘船過去的——不過，專家不認同他的理論。為了證明那些專家錯了，海爾達決定重現古代人的旅行。

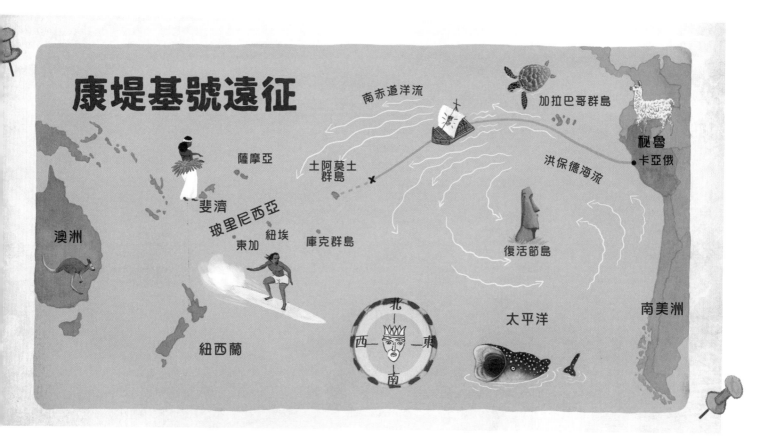

康堤基號遠征

南赤道洋流

加拉巴哥群島

薩摩亞

土阿莫土群島

洪保德海流

秘魯
卡亞俄

斐濟

玻里尼西亞

東加　紐埃　庫克群島

復活節島

澳洲

南美洲

紐西蘭

北
西　東
南

太平洋

裝備

❶ 馬鈴薯　　❹ 開山刀　　❼ 六分儀
❷ 椰子　　　❺ 竹筒（用來裝水）❽ 魚叉
❸ 葫蘆（一種果實）❻ 火爐　　❾ 會說西班牙
　　　　　　　　　　　　　　語的鸚鵡

康堤基號的船員在海爾達船長的帶領下，從秘魯啟航，漂過太平洋，來到玻里尼西亞群島。木筏的名字，取自印加文化的太陽神。他們乘著手工木筏，在海上漂了101天。

古老木筏

海爾達相信，以前南美洲的人可能航海去到玻里尼西亞，從此定居下來，但別人可不這麼認為。他用古代人造木筏時有的材料，建造了康堤基號，材料包括巨大的飛機木樹幹和天然的麻繩，船艙遮陽用的屋頂是大片的香蕉葉。團隊還帶了蒐集天氣與海洋資訊用的科學器材，為了以防萬一，也帶上現代的無線電對講機。然而，他們的所在位置太偏遠了，就算有無線電對講機，也很難求援。

衝撞著陸

團隊航行將近7,000公里，最後撞上土阿莫土群島的珊瑚礁。雖然登陸不太順利，他們還是成功靠岸了，而且大家安然無恙。海爾達成功了！

「國界？我從來沒看過這東西。但是，我聽說國界存在一些人的腦子裡。」

秘魯，卡亞俄

搭木筏穿過太平洋。
句點。
要來嗎？句點。
只保證可以提供一趟
免費來回南海群島的
旅程。句點。
——海爾達

答！
答！答！

要。
——托爾斯坦

海爾達招募四個挪威人和一個瑞典人加入冒險，他們都不會游泳！

赫爾曼　　艾瑞克　　可努特
班恩特　　托爾斯坦

他們只用古代人有的技術和材料，建造了康堤基號。

用印加太陽神康堤基的圖像裝飾船帆

船桅

用香蕉葉做屋頂

竹製船艙

來自厄瓜多叢林的飛機木樹幹

麻繩

裝上物資後，他們啟航了，還帶一隻會說西班牙語的鸚鵡作伴。

再見啦！朋友們！

木筏吱吱嘎嘎的，天氣好的時候，漂在海上……

……天氣不好也一樣。

木筏底部長了海草和貝類等甲殼類動物，吸引沙丁魚、鮪魚和海豚。

每天早上，廚師會蒐集晚上跳上甲板的飛魚。

有一天，一隻10公尺長的鯨鯊繞著他們游了一個小時才離開。

93天過後，他們望見棕櫚樹了。

超過一個星期後，他們在黎明時望見珊瑚礁。

嘖嗬！
是陸地！

但是海流把他們困在海上。

最後，木筏擱淺在珊瑚礁上，海浪沖刷下來，木筏斷了。但他們成功靠岸了！

我們成功了！這次成功，可以證明我的猜測！

海爾達給我的啟發

有康堤基號的故事，真是太好了！所有人都對海爾達說他瘋了。我剛開始規畫自己的冒險時，也遇到很多人喜歡說冒險不可能成真。有些人根本沒做過刺激的事，卻偏偏要阻止你用自己的人生做刺激的事。別讓他們阻止你，快出發吧！

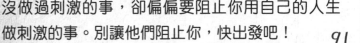

91

下一位大冒險家

希望本書中的探險家以各自的方式激勵了你，讓你想學習新技能、去到新地點，或是挑戰自己的極限。如果你想在長大後展開自己的冒險，何不幻想自己想去的地方、想完成的成就、想怎麼旅行，還有你可能會需要的東西呢？記得把你的計畫和要去的地方告訴別人。本書裡的這塊空間，留給你想像、計畫，還有開始冒險。你會不會成為下一位大冒險家呢？

你要去哪裡？

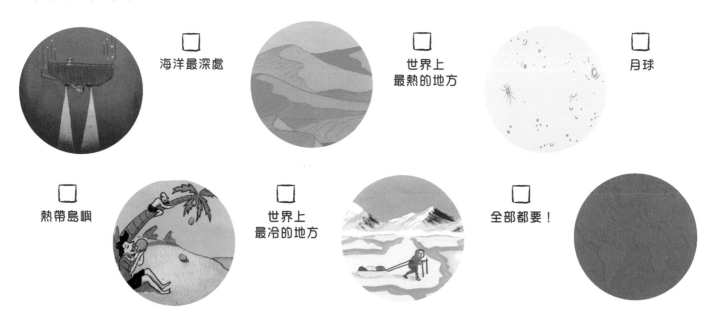

□ 海洋最深處

□ 世界上最熱的地方

□ 月球

□ 熱帶島嶼

□ 世界上最冷的地方

□ 全部都要！

你要和誰一起去？

□ 朋友

□ 鸚鵡

□ 駱駝

□ 狗

□ 不用旅伴！你自己去！

你會需要什麼東西？

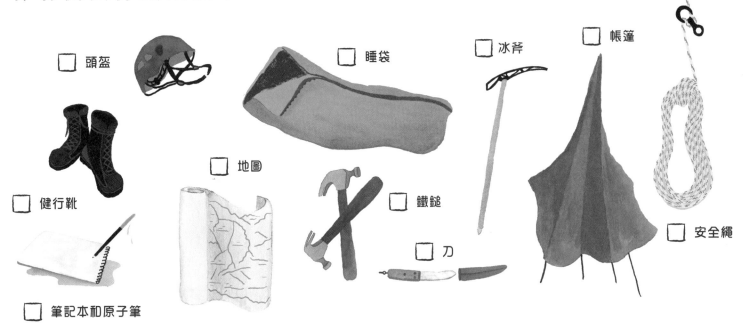

☐ 頭盔

☐ 睡袋

☐ 冰斧

☐ 帳篷

☐ 健行靴

☐ 地圖

☐ 鐵鎚

☐ 刀

☐ 安全繩

☐ 筆記本和原子筆

你要靠什麼抵達那兒？

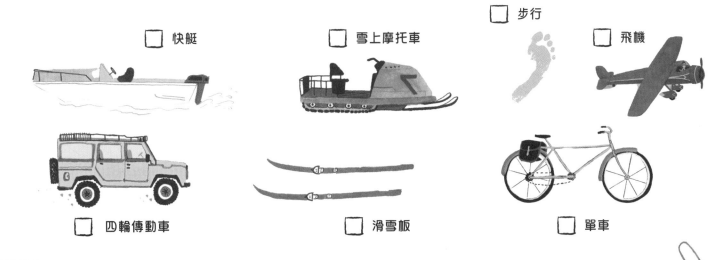

☐ 快艇

☐ 雪上摩托車

☐ 步行

☐ 飛機

☐ 四輪傳動車

☐ 滑雪板

☐ 單車

還有誰會啟發你？

馬克・帕洛克
第一個競速到南極的盲人。

希拉里和諾蓋
最先抵達世界最高點的人。

歐內斯特・沙克爾頓
沙克爾頓帶領遠征隊，
前往南極大陸三次。

芙瑞雅・史塔克
造訪中東的英裔義大利
籍探險家。

湯瑪斯・史蒂文斯
第一個騎大小輪單車環遊
世界的人。

海倫・沙曼
第一個去到國際太空
站的女性。

馬可・波羅
史上最有名的探險家之一。

尼諾兄弟
多次隨克里斯多福・哥倫
布航海的非洲人4兄弟。